# 帰国までには

蒲沢忠満
Gamazawa Tadamitu

文芸社

目次

# プロローグ

成田エクスプレスの中で、もう一度ドキュメントリストを読み直してみる。今回のツアーは十八名。

ドキュメントリストはツアー中添乗員が必ず持って歩いているものの一つで、ツアー客の取扱店舗、氏名（漢字とローマ字）、生年月日、国籍、パスポート番号と発行月日、郵便番号、住所、電話番号、職業、備考と順に記されている。この他添乗員は、ツアー中、部屋割りで区切ってあるルーミングリストを持っている。同じ部屋の者同士の名前だけが記入され、他の欄はブランクになっている。今回のようなヨーロッパ周遊型のツアーでは、宿泊のホテルが何回も変わる。チェックインのたびに、決定したルームナンバーを、ホテル側のリストから、素早く書き写すのに便利な作りだ。他にも、現地徴収の空港税や、オプショナルツアーの予約や代金の授受、個別のモーニングコールの設定など、書き込みが必要な仕事のときは重宝する。

今、目にしているドキュメントリストには、初老の夫婦が五組、ハネムーナーの夫婦が二組、女性二人組みが一組、そして一人参加の男・女がそれぞれ一名ずつ記されている。

リストを初めて見たとき、一人参加の中年男性を見つけ「やだな……」と思った。私が未婚の女性だからだけの理由ではない。男性だけで行くマニラやバンコクのツアーによくいる、あのいつも舐めまわすような視線で見られる感じを思い出したからである。

本当はこれらのリストは添乗員が自分で作らなければならないのだが、今回もまた先輩の森岡に作ってもらった。添乗前というのは不思議なことに、必ず忙しくなってリスト作りなどが後回しになってしまう。リストなんて、すぐ作れるや……と気を抜いているのが駄目なのであろう。どんなにちゃんとやろうと思っても、毎回こうなってしまうのには、ほんとに自分が情けなくなる。自分で作ってさえいれば、事前にお客様の名前もルーミングも覚えられる。

何しろお客様とは空港で初めてお会いするわけだから、そこから顔と名前を覚えようとしていたのでは、添乗員としては二流だ。空港にお客様がショーアップ（登場）されたとき、名前を聞いて、同行される方が誰でどういう関係だったか、すぐ思い浮かべることができるようだったら、準備としてはまあまあ。自分としては、ツアーはスムーズに出発したという気になる。

しかし今回も準備はダメだった。二流どころか最低だ。

最悪なことに高橋さんが五人もいる。国際航空券にはアルファベットで名前が印字されるが、あまり長すぎると姓のあとに、名前の頭文字一文字しか印字にされていないことがある。いくら自分で順番に覚えていても、ボーディングパス（搭乗券）に引き換えるとＡＢＣ順になって発行されてくるので、ぐちゃぐちゃになってしまう。これを、名前を呼びながら渡すときなど

はフルネームで覚えておかないと、「高橋さまー」と呼ぶと、五人が一斉に手を挙げるという事
態になる。成田に集合した初めてのときぐらいならお客様も大目に見てくれるかもしれないが、
ツアーの途中、二度も三度も同じことをしていたのでは添乗員として失格だ。会社の名前にも
傷を付けかねない。
――ああ、やっておけばよかった。列車はもう千葉を通過したところだろうか。
時計に目をやると、あと四十分あまりで空港第二ビルへ到着である。こんなことだったら、
成田前泊にすればよかった……。
それにしても、このシングル利用の一人参加の男性は、なんか嫌だ。どんな人だろう。歳は
――三十六。私より七つ上だ。職業は――会社員。これだけじゃよくわからない。最近は、け
っこう休みが自由になる会社も多いらしいけど、普通の会社員がこの時期、十日間も連続で休
めるわけがない。これは嘘かもしれないな……。独身かしら。デブだったら最悪。芸術家気取
りのセミプロカメラマンや精神世界系著述業も苦手。もしそうだったら、できるだけ見ないよ
うにしよう。年輩の夫婦のお世話だけやってればいいや。一人参加なんだから、きっと一人が
好きに違いない。添乗員にあれこれ世話されると、かえって迷惑だろう……。
勝手なことを考えながら、もう一度ドキュメントリストをじっくり眺める。リストの最後に
は私の名前。T／C三国　梢とある。T／Cはツアーコンダクターの略。続いてMIKUNI／

ＫＯＺＵＥ・ＭＳとローマ字のスペルと性別が記されている。ルームアレンジはＳＧＬ、シングルアレンジの記号だ。そして私のすぐ上の行に、一人参加の男性の名前がある。

日比谷ＴＲＣ国見佑輔。日比谷トラベルセンター扱いで、ローマ字にするとＫＵＮＩＭＩ／ＹＵＳＵＫＥ・ＭＲ。リストのローマ字欄が上下に揃うとＫＵＮＩＭＩとＭＩＫＵＮＩで、パッと見、リストの上部に仲良くＴＷＮ（ツイン）で収まっている夫婦者と同じように見え、再び嫌な気分になった。

ＳＧＬアレンジは通常リストの下のほうにまとめる。リストを自分で作りさえすれば、嫌な気分にもならなかっただろうに。出発前の基本作業を他人任せにした自分が悪い。

## 海外プロパー添乗員への道

私は今大手電鉄系旅行会社の仙台支店に籍を置いている。就職のとき、旅行会社はどこも超人気だったが、早いうちからこの会社を含めた三社に絞って就職活動を進めたのがよかったのかもしれない。とにかく旅行の仕事がしたかった。最大手のＪ社やＮ社、最近急成長のＨ社などはあまり考えなかった。いずれも本社採用の数名を除いては、女子は契約社員しか採っていなかったからである。それに比べ、今の会社は電鉄のほうがかなり有名で、旅行業の部門はオマケみたいな感じがあったが、それでも正社員扱いで採用してくれ、実績によっては海外のプロパー添乗員への道も開けていた。

内定は二社からもらったが、迷わずこちらへ決めた。

仙台支店で二年間カウンターの仕事をしながら、一般旅行業取扱主任の資格にチャレンジした。東北では最大規模の仙台支店は、働いている人の数も多い分、大変厳しいところだった。今でこそ旅行業界を目指す女子学生にとって旅行の資格は必須項目だが、私はそのことに無頓着だった。面接のときも無資格なことを訊かれ、「まぁ、おいおいと……」などと曖昧に答えた記憶がある。今思えば冷や汗ものだ。

同じカウンターでも、いつかはあっちのカウンターをやりたいと思いながら国内カウンターで働き、二年目に資格を取り、三年目の六月からやっと海外カウンターに座らせてもらうことができた。

こちらのカウンターに入ると、その厳しさに目が覚めた。海外のカウンターは国内と比べると小さなものだったが、そこで話されている内容は海外旅行のすべてに渡っていた。海外カウンターにかかってくる電話を、初めのうち怖くて取れなかったのを思い出す。

おおよその見当はついていたが、こちらのカウンターは、ことのほか厳しかった。そこにいた先輩の森岡が、仕事に関しては尋常でなかったからである。

まず、お客様に対する言葉遣いから直された。言葉遣いや笑顔での接客マナーは、入社したときみっちり仕込まれたし、常識の範囲では私もきちんとしていると思っていた。しかしここでは普通のそれではダメで、それらを正しく使った上での話の内容が厳しく指導されたのである。

カウンターの内側に座っているということは、お客様が本当に必要としている、ほんの少し感じている不安な部分、実に細かいところまで答えなければならないのだ。「そんなこと知らなくても海外旅行はできるよぉ」と思っても、カウンターのこちら側にいる私はそれに答える係である。「皆と一緒だから、大丈夫だよ」とは言っていられない。

国内カウンターから移ったばかりの頃の私は、資格も取ったし、高校の短期ホームステイと短大の卒業旅行と、二回も米国本土への渡航経験があったので、身の程知らずにも自信を持っていたのである。そんな私にお客様が訊いてくるのは、皆私の知らないことばかり。誰も私の知っていることは訊いてくれない。あまりにも答えられないことばかり続くと、お客様が「この人じゃダメだ」というような表情になる。悔しくて涙が込み上げてくる。

――旅行にはあまり関係のない、どうでもいいようなことばかりなぜそんなに訊くの？　どうして私の知っていることを訊いてくれないの？　パンフレットもガイドブックもしっかり勉強しました。もっと、旅行に行った先のことを訊いてちょうだい。

来る客、来る客、皆そんな質問ばかりで、悔しくて、頭にきて、先輩の森岡にそんな内容の不満をぶつけたことがある。

「バカだなおまえ。旅行に行った先のことなんて、お客さんだってよく考えているよ。ガイドブックだって俺らより読み込んでいる。何をして過ごしたらいいか、なんて訊かれることは滅多にないね。それはもう決まっているんだから。それよりお客さんはそこまでうまく行けるかどうかが心配なんだよ。おまえの発想はまだお客さんの発想と一緒だ」

こう言われたとき私は激昂し、一時的な失語症になった。あまりにも頭にきて、一言も発することができなかったのである。

もう、こんな先輩には何も言うもんか。会社の人に、弱気なところを見せるのはやめよう。今までずっと一人でやってきたのだから、誰にも頼らないことにしよう！

家へ帰る遅い時間帯の空いた地下鉄の車内でも、あまりにもイラついて黙って座っていることができず、ドアの近くに立っていった。

それにしても頭にくる一言だ。特に最後のフレーズは余計だ。ひとを小バカにしたような一言は絶対に許せない。私だって一生懸命やっているのだ。なぜ、それをバカにするの。百歩譲って私が間違っていたとしても、先輩ならもっと優しく教えてくれればいいのに。だから三十半ばを過ぎても独身なんだ。私より長くこの仕事をやってるんだから、いろんなこと知っていても当然だ。威張るなら威張ってもいいけど、なんでひとをバカにするの。

翌日からほぼ六カ月間、森岡とは口をきかない日が続く。

四週目ぐらいから、周囲でも私と森岡の異様な雰囲気に気付き始めた。私の一方的な思い込みというか意地っ張りだったが、森岡は、周囲と同様にそのことには気付いていたようだったが、まったくペースを乱すことはなかった。


森岡は三十六歳の独身。女性の扱いに関しては少なからず場数を踏んできたとは思っていたが、梢のような負けん気の強い女性は、初めてだ。正直言うと、どう対応していいかよくわからなかったのである。

チームリーダーは職場の和をいつも保たなければならないということは、リーダーコースなどでは必ず教わることだが、リーダーはいつも孤独だ。いわゆる中間管理職というやつだが、場面と状況によって、どちら側に立つかは自分で決めなければならない。そしてどちらに立っても、その反動は自分で受ける。そこで変に卑屈になってゆく連中を森岡は何人も見てきた。そしてそれが一番みっともないと嫌悪していた。だからそうならないようにと、そこだけは注意していた。つまり意図的だろうと結果的だろうと、他人の真似が嫌いだったのである。

その六カ月間、私はとにかく森岡を観察した。どこか付け入る隙を見つけておけば、またバカにされたような口をきかれたとき言い返すことができる。「口先だけ先輩風吹かせたって、自分だって大したことやってないじゃないの」と言い返すのが、そのときの私が最も浴びせてやりたい言葉だった。

私は森岡の、殊に、言葉と態度を執拗に観察した。何か失態を摑んで、とにかく言い返してみたかったのだ。実際、そんな失態を摑んでも会社の先輩へ面と向かって言えるものではない、ということがわかるくらいのＯＬの常識を持ち合わせてはいたが、私は自分がまた悔しい目に遭ったときの保険のためにも、森岡のそういうところを知っておきたかった。何か一つ知っていないと、これから先ずっと森岡とは対等に話すことができないという恐怖というか、焦りのようなものにとらわれていた。

森岡がカウンターへ入ると、私は電話をしているふりや資料を探しているふりなどしながら、森岡の接客態度や会話をチェックした。森岡が電話を取ると私は聞き耳を立てた。夕方の混み合う時間に並んでカウンターへ入っていると、隣の会話と自分のお客様とがこんがらがってしまうことも一度や二度ではなかった。

休みの日でも買物がてら街へ出ると、私は自分の職場のカウンターの外側からじっと森岡を観察した。シフトが合わなく森岡を観察することができない日には、普段の仕事にも張り合いが出なかった。

こんな私の奇妙な振る舞いを知ってか知らずか、森岡はなかなか失敗したところを見せなかった。当たり前といえば当たり前だが、決して完璧というわけでもなく、カルテの記入も不備なところが多く、記入に関しては私のほうがキチンとしているくらいだ。なのに、なぜ、私がアドバンスを取ることができる決定的な場面が一つもないのか。

要は私の気持ちの問題だ。自分が勝っている部分をなんとか見つけ出し満足できるまでと思いながら観察を続けているうち、ちらほらと見出すことができた私の勝っている部分は、本当に取るに足りないものだというのがよくわかった。森岡はもっと違うところで余裕がある。私にはそれが自信に見えた。

——ああなりたい。

観察を続けないとわからないことだったが、森岡のカウンターでの話術は巧みだった。流れるプールに身を任せているときのように、会話が自然に心地よく進んでゆく。会話の主導権は森岡の側だ。しかも森岡はお客様の出すサインを見逃していない。

海外旅行の相談を受けているとき、カウンターで説明しなければならない事柄はあまりにも多い。しかもそれはキャンセルに関わる日数と料金の話だったり、変更した場合の手数料率の話だったり、当社の責任範囲とお客様の責めに帰すべき事項だったり、およそ楽しそうな旅行とはかけ離れた、無味乾燥なお役所的条文なのである。私が当初、大きな勘違いをしていて森岡に叱られたのもこの部分だ。これをおろそかにすると、後々トラブルになったとき、旅行会社の主張が通ることはまずない。

だからこの一見つまらないと思われるような説明事項はお客様との旅行契約締結までには必ず説明して、書面を交付しておかなければならない。

カウンターにいた頃、私はこれが苦手だった。キャンセルや変更、ＰＡＸチェンジ（旅客の交替）等が起こると、それぞれ料金を戴かなければならないし、海外旅行が初めてのお客様に、「お客様の責任」を、威圧的な感じを出すことなく説明することは、知識以前に話し方の問題だった。商取引ではとても重要なことなのだろうけど、現実的で生々しいお金や権利義務関係の話は、楽しく夢のある海外旅行からは最も距離のある話であって、私は最後までその距離を埋めることができなかった。

憎たらしさに端を発した森岡の観察だったが、彼の会話法だけは身に付けたいと思った。とても、楽に会話が進んでいる。私が話すときのように旅行条件は旅行条件、現地情報は現地情報、出発に関する手続きは手続き、というふうに項目ごとに分かれていない。すべてが渾然一体となってストーリー仕立てになっている。一定のパターンは見られず、どの切り口からも、きれいに言うことを言ってまとめてしまう。

動機はどうあれ苦手なタイプの森岡を注意して観察し続けることがなければ、彼がこんな人だとは気付かなかっただろう。私と同様に森岡を苦手としている他の女子社員たちの中でも気付いている者は少ないだろう。私たちには心地よい話はしてくれないどころか、遠回しに皮肉る表現を好んで使う。オヤジ社員のように余計な話をしないので、よくいえばクール、普通にいえばとっつきにくい存在なのだ。

勝手な自分からの一方的なかかわりからだったが、私はこのことから思い知らされたことや、身に付けたものが多いことに気付いた。入社時の研修では決して身に付かない顧客との接し方、理不尽なクレームのかわし方、重点販売コースへの誘導の仕方、すべてが言葉だけでお客様をコントロールする術に収束される。

また、自分のカウンターをやりながら隣のカウンターを気にかけたりしているうちに、私の頭は複数のことを瞬時に認識できるようになった。二つの場面をウインドウズより速く、行ったり来たりできるようになっていたのである。それとともに、場面場面で即、結果を出すことも可能になった。思い切りがよくなったということか。

予想もしない副産物だったが、添乗員になるための最も重要な能力の一つを、私はこの期間に身に付けたのであった。

# ドキュメントリストの男

成田エクスプレスは空港アプローチのための地下トンネルに突入した。窓の外から電飾の「踊る看板」が目に飛び込んできた――。と、その瞬間である。もう忘れかけていた、大変恐ろしいことを思い出した。

――Aチーム。

瞬時に大量のアドレナリンが分泌するのを悟る。耳の奥で血液が音を立てて流れるのが分かる。向かいの座席に座っている人は、私の顔が突然紅潮したのを見て取っただろう。

社長室付特別査察部品質管理チーム、通称Aチーム。ツアーの品質や添乗員の技量を試すため、客を装ってツアーに参加している会社の上層部員。添乗員の資質を見るため、時にはわざとトラブルを仕掛けてくる。正体は絶対に明かさない。会社の組織にすら、このチームは公式に存在しない。

ああ、なんとバカだったんだろう。リスト作りから何まで添乗の準備をほとんど他人任せにした結果が、今ここで一番極端な形で裏目に出た。今回のヨーロッパ添乗を甘く見ていたことを改めて思い知ったが、後悔してももう遅い。

「失敗すると降ろされる」恐怖が頭をかすめた。

Aチームの評価いかんでは、私は二度と添乗できなくなる。しかも所属する仙台支店にもとばっちりが来る。Aチームの評定は絶対だ。成績次第で支店にも大ナタが入る。支店内の全部署に教育と士気高揚のプログラムが導入されるのだ。アメリカのなんとかという学者の考えた、泣きたくなるほど面倒で、なおかつ無意味なプログラムだという。

今までも、小さいものならちょくちょくとかけていた迷惑だが、支店を根底から揺るがすような大迷惑はかけたくない。それにも増して、これ以上添乗できなくなるということは、私にとって魂を抜かれることに等しい。

なぜもっと早く気付かなかったのか。リストを作ってくれた森岡は気付いていたのか？　支店長は？　もし本当にAチームのメンバーなら、私のようなひよっ子では到底太刀打ちできない。もっとキャリアを積んだ、少なくとも十年以上のベテラン添乗員が乗っていないと支店の未来はない。

もう時間がない。時間がなさすぎる！

電子音のチャイムが鳴り、車内放送が、空港第二ビル駅が近いことを告げる。もうタイムアップだ。周囲の乗客もスーツケースやガーメントバッグを持ち上げながら、降りる準備を始める。私は三年前、初めて単独添乗でシンガポールへ行ったときのことを思い出した。あのときも今日と同じように怖かった。海外へ行くのが怖いのではなく、添乗するのが怖かったのだ。できればこのまま電車を降りず、折り返して東京まで戻りたかった。

窓の外が急に明るくなり、電車は空港第二ビル駅のホームに滑り込んだ。いよいよお客様と顔を合わせなければならない。Ａチームのメンバーとも。そして普段と変わりなく、まず元気に挨拶をする。そう、普段と変わりなく。

改札を抜け、空港セキュリティーでパスポートをちらっと見せると、階上の出発ロビーへと急ぐ。

先送りしてあるスーツケースを引き取りに行く途中、集合場所をちらりと見た。それらしいお客様がいるような気もする。気の早いお客様は集合の二時間も前に来る。ツアーの場合、通常フライトの二時間前集合とするので、都合四時間も空港で待たなければならないのだが。

例の一人参加の男性も、もう来ているだろうか。もしＡチームのメンバーなら、すでに私をどこかで監視しているだろう。でも、まだＡチームと決まったわけじゃない。むしろＡチームであることの確率のほうが低い。私は少し冷静さを取り戻し、荷物のカウンターに引換券を出した。

係の人がたくさんあるスーツケースの中から私のものを探し出す前に、自分のスーツケースはすぐ見つけることができた。真っ赤なサムソナイトのオイスターに鮮やかな黄色のベルトを巻く、これが私が前から決めているコズエ・モデルだ。

このコントラストは、はっきり言って目立つ。ロサンゼルスでもヒースローでも、どんなに混雑した大きな空港だって、一発でわかる。到着の空港でお客様の荷物をターンテーブルからピックアップしながら、自分のスーツケースを視界に捉えておくことができるからとても便利。オイスターを転がしながら、集合場所のI‐27番カウンター前付近へ向かう。近くの待合いの用のイスは埋まっている。あの中の何人かは私のお客様だろう。

ここまで来たら、クレームをもらおうが、体調が悪かろうが、不安に支配されていようが、Aチームがいようが、もう行くしかない。

空港は一種独特の雰囲気を持っている、といつも思う。添乗員仲間も口を揃えて言うが、空港へ入ると不思議と前向きな発想しかしなくなる。成田は特にそうだ。

支店のある仙台の空港からも、ホノルルや上海へお客様を連れて飛ぶ。そちらのほうが回数としてははるかに多い。仙台空港は小さくカウンターも少ない。国際線は日に数えるほどしか飛んでいないが、それでもやはり空港へ着くとそれまで考えていた雑多なことが消えてしまい、添乗の手順とこれからするお客様へのアナウンスを、頭が自動的に組み立て始める。

だが成田はやはり格が違う。出発便のボードを見ただけでも、仕事のときは襟を正したくなるから不思議だ。

不安というのとはまた違った気分。こういうのを雰囲気に呑まれるというのだろう。圧倒的に外国人の姿が多くなり、ひっきりなしにファイナルコールが英語と日本語でアナウンスされる。徐々に英語モードに慣らしていかなければ。

先に赤のオイスターをエックス線の機械に通して、セキュリティーエリアへ入る。

成田空港第二ターミナル。航空会社の人たちが入っているカウンターの内側には、下に行く階段があって、そこにもオフィスがある。航空会社系の代理店などに頼んでおけば、航空券もここでピックアップできる。通常はチェックインまでやってくれているので、ボーディングパスも同時に受け取る。

成田発のツアーで、特殊な航空会社を使うような場合以外、航空券は通常ＡＰＯ（エアポート）渡しにする。そのほうが、途中で失くしたり盗られたりするリスクを避けられるし、荷物も少なくできる。航空券は貴重品で、いつも身に付けておかなければならない割にはけっこう嵩張るのだ。特に電子化されてからは一冊のフライトクーポンの厚さはハンパじゃない。ヨーロッパ周遊などのコースで、乗る飛行機の数が多いと、一人につき二、三冊になることもある。

人数分の航空券を受け取り、枚数と名前をチェックしたら、受け取りにサインをする。ここからはすべてサインの世界へ入る。会社では、いろいろな事務手続きで印鑑を使う機会がまだまだ多いが、添乗中印鑑はまず使用しない。逆に、フランクフルトだったかミュンヘンの空港セキュリティーで鞄を開けられたとき、印鑑を「これは何か?」と問い詰められて説明に苦労したことがある。今は機内で報告書を書いたり、臨時の領収証を発行したりするときのために、インク式のものを一本持ち歩いているだけである。

また、ここからのサインは気軽にできるものではなくなってくる。特に航空券受け取りのサインはもう少し重い意味を持つ。

航空会社は、客が飛行機に乗ろうとチェックインする際、その客が当該外国を旅行するための条件が整っているか確認する義務がある。つまり有効なパスポートを持っているかとか、降機地あるいは訪問国に有効な査証(ビザ)を持っているかとか、公序良俗に反する格好をしていないかとか……もしこれらを見落として飛行機に乗せてしまい、到着地の入国官吏から入国を拒否されれば、原則的にはその航空会社が発地まで、諸々の費用を負担して送還しなければならない。

私が今サインした受け取りには、航空会社がしなければならないこれらのトラベルドキュメントのチェックすべてを委任します、という内容の一文も書かれている。つまり書類の整っていないお客様を見逃して飛行機に乗せてしまい相手国に入国できなかったら、すべて私の会社の責任になってしまうのだ。こうなると、送還費用などの経済的負担もさることながら、会社存亡の一大事だ。お客様との旅行契約不履行ということで、民事法廷の被告にもなり得る。会社の命運は私の握っているペンによって、決まってくる。

しかし、本人にはそんな自覚があるはずもなく、今日も軽くサインをするとグランドホステスの方々と二言三言言葉を交わして、お客様の待つ階上へと上る。以前はここでPSCF（空港施設使用料）のチケットを購入する作業があったが、今は予め航空運賃に含まれる（これをなぜか、航空券に切り込んでいるという表現をする）発売方法に変わったので、身分証明証を見せて空港公団の事務室まで買いに行く必要はなくなった。

今回のツアーではI‐27番カウンターをもらっているので、空港のグループチェックインの係に、会社名と添乗員がショーアップしたことを告げる。するとI‐27番カウンター上部の電光掲示板に、私のツアーの名前が発光ダイオードで黄色くピカリと点灯する。

カウンターの前に赤のオイスターを置き去りにし、私は一旦エリアの外へ出る。ここからでも私のツアーのカウンターはよく見えるようだ。

私の会社のツアーバッチを付けた一人のお客様へ声をかけると、ほとんどのお客様が周囲にまとまって座っていることがわかった。私は瞬く間にお客様に取り囲まれる形になった。名前を確認すると、三名を残して全員集合のようであったが、例のAチームと思しき男性はまだ来ていないようだった。

「皆さん、はじめまして。私は今回のご旅行のお供をさせていただきます三国梢と申します。

どうぞよろしくお願いします。出発まで、まだ時間がございますので、どうぞおくつろぎのままお聞きください」

ひと息おいてお客様の反応を見る。私と同様、お客様も今初めて私と会った。第一印象をどのように与えたか、確認しておくことはとても大切なことだ。

「皆様の搭乗手続きは私が先ほど済ませてきましたので、皆様は各自パスポートのチェックをお願いします。これがないとこれからの旅行には参加できません。今のうちにお忘れでないかどうか、ご確認をお願いします」

本当に忘れてきた人がいれば一大事だが、一応は基本通りの案内をする。

「パスポートはこれからの旅行中、皆様の身分を証明する唯一の書類となります。最初の国に着くまでは、頻繁に出し入れをお願いするようになりますので、出しやすいところ、なおかつ落としにくいところへしまっておくようにお願いいたします。また、外国ではスリがたくさんいるところもあります。女性の方でパスポートやお金など、ハンドバックに入れておかれる際は、必ず口を閉めておいてください」

出国前に、ある程度脅しをかけておくことは重要だ。私と同様、お客様も国際空港の一種独特な雰囲気に呑まれている。この雰囲気をうまく使わない手はない。

「では、皆様のスーツケースはあちらの27番カウンターでお預かりいたします。先にエックス線検査を受けていただき、あそこに黄色のベルトを付けた赤い荷物が見えますが、あれは私のスーツケースです。皆様の荷物もあそこへ並べていただきますようお願いいたします」

慣れてくると〈とおる声〉の出し方がわかってくる。弾むような抑揚を付け、大きな声でハキハキと話す。

「飛行機に預けるスーツケースは、エックス線検査後は開けられなくなります。機内で使うもの、貴重品、壊れ物、パスポートなどは預ける荷物の中には入れないでください。それから、この専用のタグ、皆様のお荷物に付いているでしょうか。今回のご旅行中はずっと目印になりますのでお付けください。お忘れになった方は、予備を持っておりますのでお申し出ください」

手近にあったお客様の荷物の、会社のマークの入ったタグのゴムを引っ張りながら案内を続ける。

専用のバッチもタグも付けてこないお客様は毎回いるものだが、今回のお客様は優秀だ。すべてのスーツケースに専用のツアータグが付けられている。販売店にも感謝しなければ。事前によほど入念に、このタグの重要性を説明しなければ、ここまで足並みが揃うことはない。カウンターでの苦労を一瞬思い出し、店舗の同僚たちの姿が瞼に浮かぶ。

「では皆様、ご準備はよろしいでしょうか。エックス線検査へご案内いたします。恐れ入りますが、お荷物をご自身でお持ちいただいて、私のあとからおいでください」

全員のエックス線検査を終え、I‐27番カウンターの前へスーツケースを並べ終えると、搭乗券と一緒に階下のオフィスから貰ってきた航空会社のタグを付ける。行き先はMAD＝スペイン・マドリッドだ。

搭乗までは、まだまだ間がある。あとは搭乗前のセキュリティーチェックと出国審査だけだし、行きの免税店では、そんなに時間は取らなくていいだろう。

「それでは皆様、ここで一旦解散といたします。皆様の飛行機は十二時四十分発ですので、出発の一時間ちょっと前、十一時三十分にあちらの出国口〈北〉と書いてあるボードの下へ再集合とします。飛行機は離陸後一時間ぐらいで機内食が出ますが、お腹が空いた方は何か軽く食べられても結構です。エスカレーターで下へ下りると、レストランもあります。旅行中のこまごまとした雑貨やお薬は、あちらの売店でたいていのものは揃います。出国審査を過ぎるといろんな物を売っているお店はありませんので、お買物は今のうちにお済ませになるようお願いします。スーツケースはここでお預かりしましたので、直接飛行機へ積んでしまいます。機内で使うものなどは入っていませんでしょうか？　よろしいですか。それから両替のご用がおありの方はご案内いたしますのでお申し出ください。着いた先の空港でも両替のお時間は取りますので、必ず今しなければならないというわけではございません」

外貨に両替するというのも、海外旅行特有の行為だ。

「それではご準備のできかた方から解散といたします。集合は十一時半までにあちらの出発案内ボードの下へお願いします」

スーツケースを預け、身軽になったところで、皆それぞれ出かけたり、手近なイスに腰掛けたりしている。

「両替のご用の方はこちらでーす。ご案内します」

右手を少し挙げて合図をすると、老夫婦五組のうち四組までと新婚カップル一組がやってきた。

「あのー、添乗員さん」

初めて声をかけられた。新婚カップルのご主人のほうである。

「はい、なんでしょうか」

「あのー、買物なんですけどぉ。免税店はどこへ行けばいいんですか?」

とっさに〈案内が漏れた〉と思った。まだ自分中心に考えている。

「ごめんなさい。ご案内、漏れましたね。免税店は出国審査を抜けてからございます。この辺りにあるのは、全部普通のお店です。再集合してから中へ入るとありますよ」

「タバコはそこで買ったほうがいいでしょうか?」

「そうですね。タバコやお酒はそこで安く買えます。ただ、タバコは一カートン単位でしかないので、一個や二個のときは、今買っておかないといけないんですよ。後ほど塔乗ゲートへ向かう途中、免税店のご案内はいたします。よろしいですか」

「じゃ、お願いします」

新郎は奥さんのところへ戻っていった。新婚旅行だ、きっとタバコ以外にも買わなきゃいけないおみやげが山ほどあるのだろう。出発前からそれらのことが気がかりなのだろうか、奥さんと何やらそれらしい内容の話をしながらついてくる。

でもこれで、いくつかのことが分かった。まず、少なくともこちらの新婚カップルは、完全に海外旅行初心者である。そして、買物に関しては常に気を配ること。

お客様との会話や行動が、何に基づいてなされているものなのか、推測できなければよいエスコートはできない。気付かないうちに、自分の尺度で判断するようになっていたら、お客様はたいへん不愉快になる。一生の思い出になる新婚旅行では、カユイところに手の届くようなお手伝いができて初めて添乗したといえる。もう一度、基本を心がけなければ……。

いくつかある銀行の両替窓口はどこもそこそこ混んでいて、両替には少し時間がかかりそうだった。窓口から多少余分に伝票を持ってきて、書き方を説明する。

「皆さん、どのくらい両替するのかしら」

こちらのおば様は、だいぶ現地でのお小遣いが心配なようだ。

いくら両替するか、というのもよくある質問である。しかもこれといった答えがない。

「それは皆さんそれぞれなんですが、特別にお買物のご予定がなければ、一日五千円か一万円×日数分でいいと思います。皆様のツアーにはすべてのお食事が含まれていますし、チップも個人的なもの以外は含まれていますので、本当に皆様のおみやげ代くらいでいいんですよ。必要とあれば向こうへ行ってからも両替できます」

少し時間がかかりそうなので、あとは銀行の窓口にお任せすることにした。

「では皆様、私は残り三名のお客様をお待ちしますので、カウンターのところへ戻ります。両替を済まされましたら十一時半までに、あちらの出発便の大きな時刻表の下へご集合ください」

お客様の顔つきもだんだん和んできた。両替を済ませると、いよいよ海外旅行へ行くということが現実的になってくる。それとは逆に、こっちの顔はだんだん険しくなる。例のAチームらしき男性はまだ現れない。いったい、どんな人だろうか。塔乗ぎりぎりにショーアップして、一発目から添乗員を困らせようというのか。

添乗の仕事では、出発直前の空港での作業が一番忙しい。身体が二つ欲しくなる。しかもお客様が一度に揃わないことが多いので、同じことを二度も三度も案内しなければならないのだ。しゃべりすぎて、喉がカラカラになる。お客様が全員揃うのを待っていると、あとのスケジュールが、たいていは詰まってくる。その辺を見極めてツアーをコントロールしていくのが最も難しいところだ。

小走りにカウンターに戻る間、フッと支店のことを思い出した。添乗ぶりを評価されるのはとっても嫌な気分だ。ちゃんとやっている自信はあるけど、それを隠密で四六時中監視されるのはなんとも嫌らしい。こんな添乗直前になんでAチームのことなんか思い出したのだろう。支店の皆は今頃どうしているだろう。添乗デビューの頃には決して感じなかったホームシックのような感じを、最近の添乗では、ほんの瞬間、感じることがある。

もうヤキが回ったのか。しかも今回は重症だ。成田からもう始まっている。

I - 27番カウンターへ戻ったがカウンターにもその周辺にも、私のツアーのお客様らしき人はいなかった。先ほど預かったスーツケースの個数を、もう一度数え直しボーディングパスの席割りをする。

団体予約の際、予め言っておかないと、ボーディングパスがコンピューターに入力したとおり機械的に発行されてしまうことがある。ジャンボジェットの座席配列は3 - 4 - 3の十席。何も考慮しないと新婚さんの席が通路を挟んだり、夫婦で段違いになったりすることもある。それに気付かず飛行機に乗せてしまったら添乗員は失格である。

これらの席割りを素早く行うため、私たちはシートチャートと呼ばれる席割り表を持っている。なんのことはない、書き込みのできるマス目を区切った罫紙のコピーだが、シートアサイン（席割り）にはこれが一番便利だ。以前は航空会社と同じような機材ごとのシートチャートを使っていたが、航空会社によってはチャートのとおりに席が配列になっていないことがあるし、突然の機材変更や、米国内やEU内路線に多い、同機材のコンフィギレーション違いなどでは、どうしても空港でまごついてしまう。そこで、最初からどんな配列にも対応できるようなシンプルな汎用チャートを使うようになったのだ。

いつものようにボーディングパス全員分をざっと見て、何番と何番の列が発券されているか確かめる。これで前方か後方か大体わかる。

次に実際に席番をチャートにプロットしてゆく。と、案の定新婚カップルが通路によって引き裂かれていた。十二時間のフライト中これでは、あとの生活に影響が出かねない。

全部をプロットし終えてから、グループ内で席をアサインし直す。夫婦や友達ができるだけ隣同士になるようにコンビネーションを考える。

マーカーでつぶしてゆくと、今回のグループは一回でうまくはまった。Aチームらしき男性と私が三列通路側のタテに並べば、カップルもきれいに収まる。添乗員は機内でも散らばったお客様への案内などで立って歩くことが多いため、通常は後方通路側へ席を取る。

グループ内最後方の席を自分の席とし、急いでボーディングパスに席番を書き込むと、輪ゴムで束ねて右のポケットへ入れる。自分のものだけは胸のポケットだ。

このような作業は何も空港でやらなくてもよい。日系の航空会社ならサービスもよいので、私たちのような団体枠のエコノミークラスでも、頼めば事前に座席を割り当ててくれる。なので「誰さんに何番」と席を決めてボーディングパスを発券することも可能であり、それが最もスマートな方法なのだが、直前にキャンセルが出たり、何か変更が生じたりすると、やり直すのは気が遠くなるほど面倒なのだ。最もスマートな発券は、大いなる余計な仕事を発生させる元でもある。空港での作業は時間に追われていることが多いので、手順から外れた余計な作業はできるだけ起こさないようにしなければならない。また、外国系のキャリア（航空会社）では団体枠の席割りを事前に教えてくれないところも多い。アメリカやカナダ、ＥＵ内の都市間路線では、そもそもその便に乗れないこともある（予約が入っていても）ので、やはり実物のボーディングパスを手にしてからシートアサインをするのが一番だ。

荷物に付けたクレームタグをちぎりながら残り三名のショーアップを待つ。集合時間は十五分ほど過ぎている。しかし決して特別遅いというわけではない。むしろこちらのほうが普通なのだ。今回は他のお客様が早かったけだ。ワザと遅れているわけではない。

何事もなければ、もう空港には着いているだろう。この出発ロビーのどこかで、この場所を見つめているかもしれない。なんともいえない嫌な気分が、出発前の高揚した気分に相殺されて、平穏だが妙に落ち着きの悪い気持ちになってきた。

「こんにちはー」

ロビーを区切っている低いガラスのパーテーションの向こう側から声をかけられる。

「はい。こんにちは」

顔を向けながら、営業的反射でこちらもとっさに挨拶をしてしまう。

「あのうツアーに参加のクニミと申します。遅れてスミマセン」

指差すカウンターはI‐27番。私のツアー名が電光掲示板を右から左に流れてゆく。

——ついに来たか。

私はそのクニミという男性を、二秒くらいまじまじと眺めてしまった。どう切り出すか本気で迷ってしまったのだ。いつもなら当然のように言葉がつながってゆくのに……。

「私が最後ですか？　遅れてスミマセン」

再び男は遅れたことを詫びた。

「あっ。いえっ、お時間はまだ大丈夫です。あとお一組様もお待ちしているところです。そこでお待ちください。今、そちらへまいります」

笑顔を作ろうとして顔がこわばる。とにかく向こう側へ行って話さなくちゃ。パーテーション越しでは落ち着かないし失礼だ。端の出口へ向かおうと、身体の向きを変えたとき、I‐27番カウンターの前へタグを付けられきれいに並べられたスーツケースの列が目に入った。私の頭はまた余計なことを考える。

——やっぱり……。

すでにベルトコンベアーで流すばかりになっているスーツケース群を見て、彼は今ツアーの準備がどこまで整っているかを見て取ったのだ。だから遅れたことを二度も謝ったのだ。

普通のお客様はそんなところまでは気が回らない。これほどの空港の中で特定のスーツケースだけを注意して、状態を際立って観察できるのは、それは私と同じ見方をしているから。つまり同業者かそれ以上ということ。

後ろから急き立てられる感じで大回りをして出口を抜けると、件の男性の傍らへ小走りで駆け寄る。

「お待たせしました。私、添乗員のミクニと申します。よろしくお願いします」

ぺこりと頭を下げながら、しっかり靴を観察する。

代理店からは「歩きやすい靴で」とアドバイスされるのだろう。長い旅行に慣れていないお客様は、正確にアドバイスどおりスニーカーを履いてきてくれる。それもおろしたての。さすがに最近は高校生が履くようなゴツイまだら模様のナイキは見当たらなくなったが、「この旅行のために購入したな」と思われるような新品の靴を履いてくるお客様はたいへん多い。それだけで旅行経験を判断するのは早計だが、なんとなく感じは摑める。

この男性の靴はというと、普通のおじさんサラリーマンが会社へ履いてゆくのと同じ革の短靴だ。よく磨かれてはいるが、だいぶ履き込んでいるようで、光沢のない上品な黒が照明を鈍く反射している。デザインも無難なローファータイプで、勘違いしたおしゃれ靴ではない。ソールも厚くなく革も柔らかそうで、見た感じとっても軽そうである。

おじぎをしているコンマ何秒かの間に、ものすごいスピードでこんな観察と推理を終え、ますますAチームへの確信を深める。

できるだけ笑顔を作りながら顔を上げる。

「あ、どうぞよろしくお願いします。手続きはどうすればいいですか。もう出発ですか？」

リストに記載されているAGE36よりは若く見える。人当たりも若者っぽい。もしかしてただの一般旅行客なのか。

「いいえ、お時間は十分にございますのでまだ大丈夫です。こちらにお掛けになってお待ちください。飛行機にお預けになるお荷物はこちら一個ですか？」

傍らのスーツケースは、新品でも使い古されてもいなかった。ここから正体を判断するのは無理だ。

「お荷物は一旦お預けになると、目的地の空港へ到着するまで手にすることはできません。機内で使うものやパスポートなどの出入国関係書類が入っておりましたら、お出しになっておいてください」

「ええ、これはもう着替えしか入っていませんから大丈夫です。他の皆さんはもう預けたんですか?」

「はい。あちらに並べてあるのが同じツアーの皆様のスーツケースです。お客様のものもエックス線検査を済ませましたら、あちらから飛行機に積み込みます」

「すぐ預けたほうがいいですか?」

「どちらでも結構です。でも、あとお二人の到着を待って、一緒にご案内させていただけると助かるのですが……。他の皆様は一旦解散されて、十一時半の再集合となっています。国見様も、もしお買物などがございましたら、私が荷物を見ていますので、どうぞいらしてください」

お客様はいつでも姓でお呼びするのが基本である。今回はネームリスト作りをサボったので、三日目くらいまでは顔と名前が一致しなくて苦労しそうだが、《国見佑輔》この名前だけは成田エクスプレスの中でリストを見たときから一発で覚えた。

果たしてこの人物は、私のツアーに点数を付けるためにやってきたのか。

「じゃあ、ちょっとお菓子でも買ってこようかな。ミクニさんもキャラメルか何か……」

「ありがとうございます。でも自分の分はありますからご心配なく。あとお二人様もじきにご集合されると思いますので、三十分くらいでお戻り願えますか」

身体を少し斜めにして、肩から提げている添乗用のカバンを向けながら、できるだけ笑顔で応える。確かにこの中にはおやつも入っているのだ。

「わかりました。じゃあ、ちょっと」

去ってゆく彼を見ながら考える。服装はいたって普通だ。いかにもこれからイタリアへ行くといった感じの気張ったイタリアンカジュアルのド派手さもないし、完全無欠のブリティッシュ・トラッド＝上着はもちろんハリス・ツィード＝というわけでもない。着ている物からは、その真意が汲み取れないような、シャツにズボンにジャケットの出で立ちである。さっきの電車の中までは、休日オヤジファッションで嫌らしい目付きの脂ぎったオヤジだったら無視しよう、と思っていたのが、今は品すら感じられる整った身なりのあの男が、むしろ不気味である。

国見というその男は、ほんとにお菓子だけを買って、ものの五分と経たないうちに戻ってきた。ミネラルウォーターの小振りなペットボトルも持っている。

スーツケースを預かるときの一連のチェック事項で、彼のパスポートを見ることができる。渡航回数や行き先で、彼がAチームかどうかわかるだろう。それを専門にしているのなら、夥しい数の出入国スタンプが押されているはずだ。

そこへ最後のOL二人連れもやってきた。

「こんにちは。お待ちしておりました。添乗員のミクニです」

「スミマセーン、遅れちゃって。トモコが朝、準備遅いんですー」

「すみません。もう皆さん、いらっしゃってるんですか？」

トモコと呼ばれた女性が浅野智子。仙台から参加の二十六歳のＯＬ。トモコと呼んだほうが中野栄。同じ会社の友達らしい。中野のほうが二つ年上だが、話し方は子供っぽいのが第一印象だ。

「こちらの男性もご一緒の国見さんです」

「あっ、どうも。よろしくお願いします」

おじさんが若い女の子に初めて会ったときのように多少慌てる。ＯＬの二人は顔を合わせてから、「よろしくー」と言った。

「では皆さん、ご準備がよろしければお荷物をお預かりし、出国の手続きをいたします。よろしいですか」

三人は私のあとに続いてスーツケースをエックス線の機械に通した。—Security Check—のシールが貼られたスーツケースをＩ‐27番カウンターまで転がしてゆく。二人のＯＬは、特に中野のほうがぺちゃくちゃよくしゃべっている。国見佑輔はこの二人に話しかけたそうにしているが、ＯＬにはその隙がない。

——やはりこの男はただのオヤジ系ツーリストにすぎないのか。

私はそう思いながらも、まだこの男の正体を決めあぐねていた。

次の作業に移ることを考えると、私は心臓がドキドキしてきた。もうすぐパスポートを見ることができる。あの男の渡航歴を見れば、Aチームかどうかすぐにわかるだろう。この年齢の男性で、しかも会社員が年にそう何回も海外旅行へ行けるはずがない。あちこちの国の入国スタンプが押されていたら、ほぼ間違いないだろう。私は十日間暗黒のツアーを添乗することになる。そして場合によっては添乗を降ろされ、職場の皆へは教化プログラム。マジに泣きたくなってきた。

「ではこちらへお荷物を並べてください。このタグを付け、あとは飛行機へ積んでしまいます。貴重品や壊れ物、機内で使うような物は入っていませんか？　パスポートはお手元にお持ちですか？　荷物に入れると出国できなくなります」

顔を三人のほうへ向けて、できるだけ陽気にそう言いながら、手では素早くタグをスーツケースのハンドルへ通し、シールをはがしてしっかりと貼り付けると、半券を小気味よくピリッとちぎる。慣れたもので一連の動作には一秒もかからない。上下がきれいに揃い、きちんと平行にタグが巻けると最高に気分がいい。

「では一応パスポートを拝見させていただきます。記載事項を確認しましたらすぐお返ししますので、あとは落とさないようにご自身で管理をお願いします。これからパスポートは何度か出し入れをしますから、出しやすいところ、なおかつ落としにくいところへ、しっかりとしまっておいてください」

心臓がバクバク鳴っている。私はカウンターの内側へ入って手元にドキュメントリストを置いた。

初めにOL二人のパスポートを確認する。年に二度くらいは海外旅行をしているようだ。ホノルルとバンコクの入国記録がある。リストの記載事項と照合して、誤りがないようであれば残存期間をもう一度確認して、それぞれにパスポートを返却する。今回は最後にイギリスへ寄るので、パスポートの残存期間は二カ月以上なければならない。

「よろしいですか?」

国見に、控えめに手を差し出す。国見はすでにパスポートを用意しており、無言で私の手に載せた。なんだかこちらのほうが初心者のようなぎこちなさである。

写真のある最初のページを開けて、記載事項とドキュメントリストを見較べる。販売店からの情報は正しく上がってきているようだ。次ページ以降のVISAのページをささっと見る。あまりまじまじと眺めていると、不信に思われるかもしれない。

「お部屋はすべてシングルでしたね」

「ええ、そうです。そうなっていますか?」

パスポートから何か探ろうとしていることを知られまいとする焦りで、どうでもいいことを訊いてしまった。本当は「渡航経験はどのくらい？」と訊きたかったのに。

「ええ、大丈夫です。お部屋はすべてシングル手配になっています」

少し微笑みながら一旦顔を上げ、話しかけながらも指は素早くページを繰ってゆく。日本の出入国スタンプが六、七個。パスポートの発行月日からすると、それほど多いわけではない。年に二、三回の旅行というところか。最近の出国の年月日まで確かめたいが、あまりまじまじと見ることができない。あくまで普段どおり、問題なく済ませなければ。

「今回行く中では、どちらの国がお好みですか？」

時間稼ぎのために、といっても四、五秒だが、どうでもよい会話を投げかける。顔は国見を直視していても、視界の隅になんとかパスポートの記載事項を捉える。

「どの国にも興味があるんですが、最後にイギリスへ寄るってとこがいいですねぇ」

なんと答えようが、こっちは聞いていない。指先だけがせわしなくページを送り、目ではにこやかに相手を見ながら、実のところは大いにページ面に気を配るという、大変な作業を私はしているのだ。この男の正体を暴くための何か手がかりになるようなモノはないか？

指があるページに差しかかったとき私の顔は一瞬こわばった。警戒のモードも崩れ、思わずパスポートへあからさまに視線を落とした。

米国のB‐1／B‐2ビザ。

国見は過去に、米国の短期商用／観光ビザを取って米国を訪れている。通常、日本人が九十日以内の観光で米国を訪れる際ビザは不要だ。わざわざビザを取得して訪米するには、何か特別な理由があるからだ。

そういう仕事なのか？

でも、本格的な外資系の会社なら、B‐1／B‐2ビザでは足りないと思う。駐在員資格のビザを持っていないと、少なくとも合法的な仕事はできないはずだ。

このタイプのビザを持っている最も多い人種は、――そう、私たち添乗員である。現に私もB‐1／B‐2ビザを持っている。九十日を超える米国添乗はないが、現地でのオプショナルツアーの販売や、スポットの支払いなどの商行為をすることがある。厳密にいえば、この場合ビザを持っていないと米国移民局の摘発の対象となる。入国資格外の行為と見なされるからだ。現地では何が起こるかわからない。そんなときお客様を前にして、「資格外なのでできません」ということは添乗員としてできない。でもやると、当地の法律に抵触してしまう。そのような事態を避けるために会社では、ビザの取得を義務付けている。

日本ではごく当たり前の添乗サービスが当地の法律に触れることは稀だが、観光が主要な産業になっている国や地域では、それに関わる仕事にいくつかの制限が付いていることがある。

そのためビザを取って、簡単な仕事はしてもよいという許可付きの入国をする。だからこのB‐1／B‐2ビザは一般の旅行者には必要ないものだ。一時的にアメリカで簡単な仕事をするような人たちが、逮捕されないための保険のような意味合いで取ってゆくビザなのだ。

私は見てはいけないものを見てしまったような気がして、慌ててパスポートを返した。動作が唐突だったのか、国見はきょとんとした顔をして自分のパスポートを受け取った。

私は、観念したように落ち着いた気分になった。今までできるだけ視線を交えないように話していた彼の、目をしっかり見据えてこう言う。

「ありがとうございました。これで手続きは全部終了です。あとはいよいよ出発です」

心なしか国見の顔がほんの少し微笑んだ。これが単にお客様と添乗員の間で交わされる通常の笑顔なのか、それともこれから君を十分に診断させてもらうよ、という意味の不敵な笑みなのか、今は判断がつかなかった。

手続きを終えた三人へも再集合の時間と場所を案内し、解散とする。余ったクレームタグを航空会社の係員へ返却し、預かったスーツケースをベルトコンベアーへ流す。真っ赤なオイスターを先頭に、行儀よく流れてゆく私のツアーの荷物は、柱のところで見えなくなった。あのままコンテナへ積み込まれ、アムステルダムで自動的に乗り換えをし、また今度会えるのは、マドリッド‐バラハス国際空港の到着ターミナルということになる。そのときも同じように柱の陰から行儀よく並んで出てくるだろう。

朝食を抜いてきたので少しお腹が空いたが、何も食べないことにした。どうせこれから十二時間、座りっぱなしで最低二回は食事が出る。

いつもはそう思って食べるのを控えるが、今回は食べ物が喉を通りそうになかった。売店で小さいペットボトルの『クリスタルガイザー』を買い、一口飲んで考える。「まさか私のツアーにAチームが乗ってこようとは……」

私はこの段階で、国見がAチームのメンバーであるとほぼ確信していた。証拠はないが、これまでの経験と勘で、そう判断した。

果たして国見がAチームだったとして、私はどういう添乗をすればいいのか。できるだけ黒子に徹する添乗。場面場面を演出するエンターテイナーの添乗。お客様の気持ちをいつも先回りしている添乗。逆にお客様のしたいようにさせておいて、必要な場合だけ手を貸す添乗。新人のように基本のセオリーに沿った添乗。使い分けのできる型をひと通り思い浮かべてみる。

無理だ。今あれこれ考えたって、添乗なんて思ったとおりに進むものではないことを私はすでに知っている。添乗は出たとこ勝負だ。いつでも最良の方法を即断・即決しなければならない。どんなに万全な準備をしても、どんなに時間をかけて熟慮しても、起こるべきものは必ず起こる。そのとき、どんな方法を思いつくかは、過去にどれだけの場数を踏んできたかで決まる。どれほど甘く見ても、私はそれだけの場数は踏んでいない。

しかし、もうツアーは始まってしまった。いつもどおりの仕事をしながら、一人でこの差し迫った局面を乗り切っていかなければならない。この十日間、私は面接を受け続けるようなものだ。

これが極度のストレスというものなのか。お腹が痛くなってきて、それが徐々に腸のほうへ下がってきた。さっき、クリスタルガイザーをひと口飲んだだけなのに。

小走りで近くのトイレに駆け込む。個室に入りカバンを脇の棚に置く。ときどき、裏側にフックが付いてコートやバックが引っ掛けられるようになった個室の扉があるが、添乗員は、絶対にここへカバンを掛けてはいけない。ドアの外からジャンプして、上の開口部から手を入れ盗られてしまうからだ。

全員の航空券やワーキングファウンド（添乗手持ち金）、大切なパスポートなどが入った女性添乗員のカバンが、女子トイレのジャンプ泥棒にやられるという事件が、一時期バンコクやシンガポールで頻発した。ツアー中にこれをやられたら、ツアー全体がそこで足止めをされてしまう。とても恐ろしいことだ。

日本の添乗員の姿は世界中どこでもすぐわかる。どんなリゾートへ行くにも、ほぼリクルートスタイルで、胸に必ずネームを付けている。これなら素人でもわかる。この人たちが小脇にいつも抱えているカバンには、金目の物がたくさん詰まっていることは、容易に想像がつこう。だから日本の添乗員は世界中どこでも狙われているのだ。特に女性である私たちは、鴨ネギといってもいいだろう。隙を見せたときは、もうヤラレているというわけだ。

トイレに入って腰掛けると身がスッキリし、次第に心もスッキリしてきた。もう少しゆっくり腰掛けていたかったが、やはりこのツアーのことを支店へ報告しておくことにする。品質管理チームらしき人間が、ツアーに紛れ込んでいるらしいということを。

きっと支店は大騒ぎになるだろう。だが、今となっては支店でも、なんの対策も打てない。ならば、やはり私独りのこととして、黙っていつもどおりに行って、帰ってくればいいだろうか。確たる証拠もないままに、一人合点の思い込みで支店まで巻き込んで大騒ぎして、結局なんでもありませんでしたでは、カッコ悪すぎる。

一つのツアーを任されている添乗員がこんなことでパニクって、支店に泣き言を言ってきたと思われるのは嫌だ。私は主任添乗員だ。キャリアも積んできたプロパーの添乗員である。行く前から半ベソかいて、どのツラ下げてオフィスへ戻れというのか。

正直言って自信は失くなっていた。こんな気持ちはきっと態度に表れて、専門の人間が観察すれば、臆病な性格と診断されるに決まっている。

集合時間が迫っているので、もう迷ってはいられない。私はカードケースから新型公衆電話用のICカードを出した。肝心なときのバッテリー切れを避けるため、国内でも海外でも、携帯電話の使用はできるだけ避ける。公衆電話があるところでは必ずそちらを使う。十分なバッテリーが残っている携帯電話は、孤独な添乗員にとってお守りのようなものなのだ。

オレンジ色の新型公衆電話へICカードをアタッチし、登録してある番号を呼び出す。オフィスの隠し番号がディスプレイに表示され、ワンショットでオフィスを呼び出す。四回コールしたところで森岡が出た。

「森岡さん？　コズエです」

「おや、珍しいね。君が出発前の空港から電話をよこすなんて」

今の私にとって、この一言は何よりも嬉しかった。森岡は私のスケジュールを摑んでいてくれている。

支店の仕事は毎日バタバタしていて、とても忙しい。オマケにシフト制なので、いちいちシフト表を見なければ、誰が休みで誰が添乗で誰が忌引きで誰がサボっているのか、課長だってわからない。タイムレコーダーさえ頼んでおけば、『出勤』にすることも可能だ。二、三日オフィスに姿が見えなくても、ただの休みと思われるのが普通だ。

そんな中で、今日私が出発でなおかつ空港ショーアップの時間だというところまで把握している。しかし逆から考えると、それだけこのツアーは注目されているということ？　私ではなく、ツアーがマークされている？　ひょっとして支店はAチームのことを事前に摑んでいる？　Aチームのことを知らなかったのは私だけ？　私はものすごいスピードでこんなこと考えながら言葉を続けた。

「実は大変なことになりそうなんです」

「どしたの？　誰かパスポートでも忘れてきた？」

「違います。ネームリスト作ってもらったからわかると思いますが、このツアーに一人参加の男性がいるんです」

「ああ、いたね。日比谷の支店だったか、あっちのほうから入ってきた人でしょ？　珍しいと思ったんだ、ウチの募集に入ってくるなんて。でも今はネット販売もしてるからねぇ。その人、来ないの？」

「いいえ。来ました。でもその人、Aチームじゃないかと思って……」

「えっ、あのAチームか？　訊いたのか？」

「訊けるわけないじゃないですか。でもなんとなく勘で。あたしの勘、今まで外れたことないんです」

「そんな……。勘だけで決めてかかったって……」

「でもB‐1／B‐2持ってました」

「うーん、確かにクサイけど、それだけじゃ決め手にならないよ。仕事でアメリカに行く人はたくさんいるからね」

「でもー。男の人で会社員が、会社休んで一人で海外旅行なんて行きます？」

「そりゃわからんよ。そういう会社なのかもしれないし。同じツアーにOLはいなかったか？女は休めて男は休めないってのは、少々考え古いんじゃないか？」

「そんなこと言ってるんじゃありません。あたし、こんな気持ちのまま行くの嫌です」

「何言ってんだよ。Aチームだろうがなかろうが、どっちにしたってもう遅い。もうどうにもできないよ。行くしかない」

「でも……、失敗したらどうすればいいんですか？　あたしはもう添乗できなくなって、支店の皆はレポート地獄ですよ。森岡さんも毎日レポートよ」

「いいよ、俺は。そうなったって、誰もあなたのせいだってわかんないよ。余計なこと考えないで、しっかり行ってこい。普通にやればいいんだよ」

「だって……。自分だったらどうします？　行くのはあたしなんです」

「あんまりそう決めてかかるな。パスポートに私はAチームですって書いてあったの？　確証がないなら、Aチームじゃないって思っていればいいじゃないの。それとも何か、おまえ日本を離れると手を抜いてんのか？」

私は泣きたくなった。あれこれ考えた上で、もうどうしようもなくて電話したのに、何もアドバイスしてくれないばかりか、おまえ呼ばわりである。

「……わかりました。行きます。行きますけど、じゃあAチームについて森岡さんの知っていることと教えてください」

「俺もあんまり知らないよ。そもそも噂にすぎないからね。ホントにそういう形で品質管理しているかどうかわからない。アンケートのほうが、会社はよっぽど重視しているのじゃないか」

こんなのは気休めにもならない。

「でもこの前、千葉の支店に入ったって噂は聞いた。ウワサだけどな。支店の規模からいえば、次はウチでもおかしくない。でも、よっぽどのことをしない限り、評価なんて難しいんじゃないかなぁ」

「そうですよね。ツアーなんていつも条件が同じじゃないし。添乗員がどんなにすごくたって、ヒドイときはひどいし……」

「そうだよ。だからあれこれ考えずに行ってこい。基本どおり、ツアー全体をよっく観察しながら、先のことだけを考えろよ。決してその男の素性を探ろうとするな。余計なことすると必ず失敗するぞ。でも気になるだろうから、こっちでも日比谷の支店に探りを入れてみるよ」

「お願いします」

支店にいる森岡の姿が浮かぶ。

「何かわかったらホテルにメッセージ入れとくよ。ほら、もう飛行機の時間だ。お客さんは全員ショーアップしたのか？」

「うん。荷物ももう流しました。再集合したらボーディングパス配って、出国するだけです」

「おう、じゃ、手を抜くなよ。飛行機の中ではガッチリ眠れ。あとは黙っていてもツァーは進む。こっちも忙しいから、じゃな」

プツリと電話が切れる。「行ってきます」の一言が言いたかったのに。受話器を置くと「カードを忘れないように」と電話が言った。

やっぱり電話してよかった。皆のいる支店の空気が伝わってくる。添乗中は独りぼっちでも、私には支店の皆がついている。世界中どこへ行っても、電話やメールやファクシミリで、すぐに皆とコンタクトは取れる。支店の皆は、いつでも無条件で私の味方だ。

森岡は支店長に報告するだろうか。したとして、支店は何か対策に動き出すだろうか。皆に知れ渡ったら、きっと大変な騒ぎになるだろう。

でも、あの森岡がこのことに気付かないはずがない。このツアーの手配を最初から手がけ、座席や部屋をコントロールしていたのであれば、国見という男はAチームを疑って十分な人物である。そこを見落とすような人ではない。ならば、故意に私をアサインしたのか？　とすれば、支店長も承知のことなのだろうか？

考えれば考えるほど、いろんな方向に考えが広がって、何が本当のことなのかわからなくなる。ただ、一つ確かに言えることは、これらのことは私と会社に関することで、ツアーに参加のお客様には一切関係ないということ。心に暗い影が広がっても、何食わぬ顔でいつもどおり、素敵な旅行を演出するのが私の仕事だ。つまらないことにとらわれていてはいけない。もっと、ポジティブにいかなきゃ。

私にしても、今日から十日間はあの男を観察し続けることができる。毎日同じ釜のめしを食うのだ。もし本当に、私の評価をすることが彼の仕事なら、されるほうの私の感覚を普段より研ぎ澄ませていれば、すぐにわかるだろう。その手の敏感さにおいては、いささか自信がある。

森岡にはああ言われたが、あの国見という男の素性を探ってみよう。動かぬ証拠を摑んで、会社初の『Aチームの存在を白日の下に晒した』女添乗員となるのだ。このツアーの帰国までに、国見本人の口から「会社の査察部だ」と言わせてやる。そう、帰国までには……。

# 全員ショーアップ

「皆様、あらためましてこんにちは。わたくし本日より皆様のご旅行のお供をさせていただきます三国梢と申します。どうぞよろしくお願いします。親しい友人たちは『こずえ』と名前のほうで呼びますので、皆様からもそのように呼んでいただければ幸いです」

時間どおりに揃ったお客様を前に、仕事としての公式な挨拶をする。型どおりのいつもと変わらぬ第一声ではあるが、気持ちの上では普段より力がこもる。なにしろ添乗という仕事に加えて私には、新たにもう一つの使命が与えられたのだ。いよいよ始まったのである。

「お手元にお持ちいただきました行程に沿いまして、これからの十日間、皆様のご旅行が楽しく安全に、思い出深いものになりますよう一生懸命頑張りますので、ご協力よろしくお願いします」

一斉にお客様の注目を浴びる。何度やってもこの瞬間は、のぼせて周りが見えなくなってしまうが、自分でも抑えきれないやる気が湧き上がる忘れられない瞬間でもある。

「では、皆様に飛行機の搭乗券をお配りいたします。これからの出国審査でも使いますので、ご夫婦様でもお一人一枚お持ちください。皆様からお預かりしましたお荷物は、すでに飛行機に積み込みました。途中、私たちと同じようにアムステルダムで乗り換え、今度会えるのはマドリッドです。預かり証の半券は、皆様の分を私がまとめて持っています」

預けたスーツケースは十五個。輪ゴムで束ねたクレームタグをお客様に見せ、上着のポケットにしまう。

一人一人名前を呼んでボーディングパスを配る。事前に整理しておいたので滞ることなくスムーズにできた。自分のものを例に示し、お客様に説明する。

「皆様、お手元に搭乗券は届きましたでしょうか？　まずお名前をご確認ください。飛行機に乗るまでは、必ずご自身の搭乗券をお持ちくださいますようお願いいたします。ここの端に印字されているのが、皆様のお席の番号です。全席禁煙ですので、おタバコを吸われる方はしばらくの間ご辛抱ということになります」

会社の慰安旅行のツアーなどでは、これを言うと必ず「うひゃー」とか「うえー」とか「吸い溜め吸い溜め」とかのリアクションがあるのが通例だが、今日は一組の初老の夫婦の奥さんが、にこやかに夫を見上げただけだった。

「印字されているお席の番号のところにボールペンで別の番号が記入されているお客様がおられると思いますが、皆様の中で新婚さんやご夫婦様の席が離れ離れにならないように、グループ内で調整させていただきました。機内にお入りになったら、私が記入したお席に腰掛けていただくと、ご夫婦様お仲間同士、お席が並ぶはずです」

お客様の反応を確かめながら説明を続ける。

「出国審査ではこの搭乗券とパスポートを使います。パスポートはこれからよく使いますので、しっかりと身に付けてしまっておいてください。パスポートに出国のスタンプが押されますと、皆様はもう日本の外に出たことになります。そこには免税店がございまして、タバコやお酒が安く買えます。また、その他のモノも消費税を払うことなくお買物ができます。免税店でのお買物には搭乗券が必要になりますので、お手元にご用意ください。ただ、あまりたくさん免税店でお買物をされますと、旅行中それらをずっと持って歩くことになりますので大変ですから、旅行中にお使いになる程度にしておくとよいと思います。それから、成田の免税店でお買物できるのは出国のときだけです。ご帰国の際は免税店のところは通りません」

どうも買物の心配をされているお客様が多いような気がして、免税店の案内を一気にしてしまった。キツツキのようにしゃべってしまったような気がする。私はノッてくると早口になってしまう。

「では皆様、ご準備はよろしいでしょうか?」

出国口にあるフライトのボードを見上げ、お客様の注意を引く。

「皆様の飛行機はＪＬ411便アムステルダム行きです。あちらにゲート番号が出ました。Ｇの76

番です。Gのゲートは中へ入って、無人の電車のようなシャトルに乗って行ったところにありますので、中へお入りになったら、来たシャトルに乗ってGの76番ゲートまでお進みください。塔乗は十二時二十分頃から始まりますので、時間に遅れないようお願いします。中へ入ってもお手洗いや軽く食べたりするところはあります。おタバコも吸えるところがあります」

皆の注目を浴びながら大きな声で説明を続けるうちに、高揚した気持ちは抑え難く、しゃべり続けていることもあって、無性に喉が渇く。カバンの中のクリスタルガイザーを一気に飲み干したい衝動に駆られた。

自分のパスポートと搭乗券を左手で高く掲げる。

「パスポートと搭乗券をご用意ください。出国審査へ向かいます。入口に手荷物とボディーチェックがあります。携帯電話や電卓、ゲーム、鍵や大量の小銭をお持ちの方はカバンに入れておくか、検査の係の人のお皿に入れてボディーチェックの機械を通ってください。ご準備はよろしいでしょうか。ではこちらの入口から入りまーす」

ここでピンポンと鳴るか鳴らないかは、一般の人たちにとってとても興味深いことらしい。私たちはたいてい、いつも同じ装備で各国のセキュリティーをくぐるが、鳴ったり鳴らなかったりする。鳴ったときも、全部開けられたり、もう一度やり直したり、輪っかの付いた探知器で捜査するだけだったり、検査の精度は国や人によってまちまちだ。成田空港は比較的厳しいほうだと思うが、世界のどこかで事件が起こると、殊にドイツやイギリスは大変厳しくなる。湾岸戦争のときはあやうく飛行機に乗れなくなるところだった。私たちは見るからに東洋人の顔立ちをしており、菊の御紋の入ったパスポートは世界中どこの空港でもとても信用があるが、色が浅黒くほりの深い顔立ちの髭の濃い中央アジア辺りの出身と思われる旅行者へは、たいてい厳しい質問が待っている。悪いが出入国の際には、こういう人たちの後ろは避けて並ぶべきだ。

確か湾岸戦争の頃だったと思う。フランクフルトの空港で、いちいちカメラやビデオの動作確認をさせられたことがあった。そこでは皆フィルムをムダにし、撮りたくもない空港待合室の一角をビデオに収めた。私のお客様の中に一人、ちょうどビデオカメラのバッテリーが切れている方がいて、検査のときにカメラが回らなかった。正常に動作するまで通してくれないという。どうしてもというならビデオカメラは没収だ。これには困った。いくら説明しても許してくれない。きっとそういう厳しい規則になっていたのだろう。でも現実はツアーが先へ進まない。ビデオカメラが動きさえすれば何も問題ないのだが。

他のお客様に事情を説明して、同じ型のバッテリーをお持ちの方がいないか尋ねた。運良く同じ物を持っている人がいた、なんてことはなかなかないもので、うまくはまるバッテリーは見つからなかった。しかし電池を使う製品は皆さんお持ちだったので、電池で動かしてみようということになった。それぞれの電池を抜き、輪ゴムで束ね、私の持っていたクリップをほどいて八本を直列に結線する。皆で各所を押さえてクリップの針金をバッテリーの接点へ接触させると、ビデオカメラのモニターには一瞬、空港待合室の風景が映ったのである。

一同「おおっ」という低い声を上げ、どの人の顔にも安堵の笑みが浮かんだ。ビデオカメラは正しい撮影用の機器であることが証明され、私たちは晴れて次の行程へ進むことができた。

こういうことがあるとお客様同士がとてもよく打ち解け、団としても大変よくまとまる。ツアー中なんらかの事象に遭遇した際、それをハプニングとして収めるか、トラブルとして禍根を残すかは添乗員の機転次第だ。あるものをどう使うか、ないものをどう補うかはこの場合、私が思い付くか付かないかの差がそのまま出る。そしてツアー中、結果が良くても悪くても、すべて自分の責任として受け止めて旅行しなければならない。

しばらくホールにとどまって、お客様全員が無事出国を済まされるかどうか見届ける。

そうだ。あの新婚カップルへ免税店の案内をしなければ。

辺りを見回して、件のカップルを捜すと、すでに免税店の店頭で品定めをしているようだ。タバコかお酒かと思っていたら、どうやら化粧品を探しているらしい。近付いて声をかける。

「お探しの物はありましたか?」

「えっ、ああ、あるみたいです」

ご主人のほうが答える。どうやら免税店に用があったのは奥さんのほうらしい。買うか買わないか迷っている様子だ。

「他にも免税店はありますか?」

ご主人が訊いてくる。

「成田空港ではここが一番大きいですよ。この先にもあることはありますが、小さくてお酒とタバコぐらいしかないんですけど」

「そうですか。旅行中も免税店は行きますか?」

「はい。旅行中もそれぞれの空港には免税扱いのお店があります。また街の中でもお買物をされて、一つのお店である金額以上のお買物をされますと、それをヨーロッパ外に持ち出すことを条件に免税になります。正確に言うと、あとから税金が戻ってくるのですが」

「わかりました」

伏目がちに受け答えをするご主人に、品物から目を離さない奥さん。この二人に私は嫌われたのだろうか。うまく会話が続かない。多少不安になる。

ま、いいや。買物は二人に任せておこう。私はシャトルへ乗ってサテライトへ向かう。

いつも思うが、このシャトルにした意味は何かあるのだろうか? これくらいの距離を歩かせる空港は世界中にざらにある。「動く廊下」にしてもよかった。シンガポールのチャンギ空港などは、果てしなく長い動く廊下が真っすぐに続いている。特に飛行機が到着したときなどは、何時間も座りづめだったので、少し歩きたい気分なのに。

これほど広い空間を自由な速度で歩くことができるスペースがあるのに、なぜ七十秒もラッシュアワーのようなぎゅうぎゅう詰めのシャトルに乗らなければならないのか。きっとエアーを噴出させて浮き上がる無人の交通システムを開発したので、どこかで実際に使ってみたくてしようがなかった——というのが本当の理由だろう。私にはただの廊下のほうがよっぽどよかったのに。

ごちゃごちゃとそんなことを考えているうちに、飛行機に乗るところまで来てしまった。新聞を読む人、おしゃべりをする人、飛行機を眺めている人、見たところ圧倒的に団体ツアー客で占められているが、中にはビジネスマンとおぼしき客人もいる。

しかし、この長距離路線用の待合室で、最初から背広を着てネクタイを締めているのは明らかに同業者だ。本当に海外出張に慣れているビジネスマンなら、機内ではもっとゆったりした服装で過ごす。

職業的センスというか、一種の反応なのだろうが、世界中どんな人混みの中でも同邦の同業者は、遠くからでもすぐわかる。男女にかかわらず、見抜くことができる。

経験を積んだ添乗員は客と同じところを見てはいない。たどたどしさがないのはもちろんだが、動きにムダがない。群衆の中でも一定の規則に従って動いている人間を見つけたら、同業者を疑ってみるとよい。

このサテライトにも、いるいる。ざっと七、八人はいるだろう。もちろん皆仕事中なので、見るとすぐわかるが、仮に身分を隠していたらどうだろう。ツーリストの格好をして、多少おどおどしながら、珍しそうに飛行機を眺めているとしたら……。

それでも身体に染み付いたプロの気配は隠せない。ましてや国際空港や海外旅行の最中など、非日常的なシチュエーションでは、いずれ地が出る。

国見佑輔の周辺にその気配は漂っていないか。もし彼が本当にAチームなら、いつかある瞬間にその片鱗を見せるだろう。私はそれを見逃さない。そして一気にたたみかけるのだ。

「国見さん。私はあなたを虎ノ門の本社で見かけたことがあるような気がするのですが」

彼は今、サテライトのイスに座ってスポーツ新聞を読んでいる。妙に風景に溶け込んでいる。やはり堂々としているように感じる。

## 帰国までの三つの課題

『ピンポンピンポン』サテライトにアナウンスが入った。

『日本航空よりご出発のお客様へお知らせいたします。日本航空411便にてアムステルダムまでご出発のお客様は十二時二十分頃から皆様を機内へご案内いたします。あらためてご案内をさしあげるまで、今しばらくお待ちください』

国見佑輔にばかり気を取られていたが、あまり目立たない、女性で一人参加のお客様もいる。まだ言葉を交わしていないし、私が説明しているときも後ろのほうへさがっていて、声が届いているか、気にかかったお客様だ。無事に説明は聞こえていたようで、今は列のすぐ近くに腰掛け、塔乗開始を待っている。

そして――。

いない。さっきまで、あそこでスポーツ新聞を読んでいた国見がいなくなっている。トイレか。

ゲートへ向かってすでにできている列を先頭から目で追い、国見がいないのに焦りながらサテライト内を見回す。迂闊だった。正体を暴いてやろうと意気込んでいたターゲットに、いとも簡単に姿を隠されるなんて……。

しゅんとしながら逡巡していると、いた。公衆電話で電話をかけている。わざわざ公衆電話で電話をするのは、やっぱり怪しい。携帯電話だって持っているだろうに。それとも私たちと同じように、バッテリーを温存しているのか。ますます怪しい。私に電話をするところを見られたくなかったに違いない。

へへん、でも見つけてやった。ここそ本社へ報告している（?）姿をこの目で見た。これを突破口に、正体判明までの証拠固めをしていこう。

さっきは瞬間的に落ち込んだが、すぐまた元に戻った。このツアーの帰国までには、あの男の正体を見極めてやる。

ゲートから続く塔乗待ちの列が、だんだん長くなってゆく。並ばなくとも必ず乗れるのだから、機内の混雑が収まるまではサテライトのイスに座っていたほうがいい。プライベートの旅行なら必ずそうするが、仕事だとそうもいかない。お客様と一緒に進んで、機内で座席の案内をしたり、とにかくお客様から見えるところにいたほうがよい。今は出発便だからよいが、日本への帰国便のときは早く乗って、頭上の荷物棚を確保しなければいけない。もたもたしていると、最後の免税店で死ぬほど買物をした日本人ツアー客に、一帯の荷物スペースを占領されてしまう。お客様の手荷物の量に応じて、できるだけ早く乗せるか、お客様任せにするか、素早く判断するのが良い添乗員だ。

国見が電話を終え、こちらへ来た。列の後ろへ続く。私もそこへ行って「ご家族にでも電話をなさってたんですか?」と訊きてみたいところだが、それだと『私はあなたのことをずっと監視しています』と白状するようなものである。本物のAチームなら、それだけで私の猜疑心に感付き、かえって警戒を強めるだろう。それでは逆効果だ。正体を見破るまでは、『そんなことには、ぜんぜん気付いてない』と、取り澄ましていなければならない。

荷物もそんなに多くないし、スチュワーデスも日本人が多い便だから、機内で迷うこともないだろう。だから、もう少しの間、列から離れてここにいることにする。全員の塔乗が確認できたら、私も機内へ向かうことにしよう。

アナウンスが入り、やっと塔乗が始まった。座席番号が奥のほうから呼ばれ、一時的に列が乱れる。列のところどころに散らばって並んでいる自分のお客様に声をかけながら最後尾へ進む。のろのろとしか進まない列では、まだ当分の間乗れそうにない。ボーディングパスを胸のポケットに入れ、近くのイスに座る。カバンの中からもう一度リストを取り出し、今声をかけながら名前があやふやだったお客様を確認しておく。今回はペアが多いので、比較的覚えやすいはずなのだが、どうも頭に入ってゆかない。名札を付けさせたい気分だ。名前と顔を一発で覚るのが私の特技であったはずなのに、それが今一つ発揮できない。自分の気付いていないどこかに不調をきたしているのだろうか。

——ふーっ。なんか疲れるな。森岡さんにもあんなこと言われちゃうし。ツアーにはAチームが乗ってくるし。あたしもそろそろ潮時かな。

ほんの瞬間、コトブキ退社のことが頭をかすめる。私にもその願望は仄かにある。でもこうしてリストを眺めながら考えるにつけ、いろいろな人と巡り会えるこの仕事から離れることは、簡単には考えられない。

さっきのOL二人連れや働いている女性特有の共通した気持ちを、いろいろな職業の面から話してもらえるのはとてもためになる。人生が豊かになるというのは、こういうことなのかもしれない。

リストを眺めながら一息つく。ツアー中これから起こりうることや、私の置かれている立場、会社員としての私、支店の同僚や先輩たち、自分の将来、結婚、そして人生……。

腰掛けると、いろんなことが一度に頭に浮かんでくる。このまま、ずっとこれらのことを一つ一つ考えていたいと思った。

騒々しかった搭乗ゲートは、今は映画のワンシーンを観ているように、自分とは無関係なただの風景のように見える。

そのとき、搭乗を促すアナウンスが響き渡った。

——私の便だ。

気が付いて辺りを見回すと、ほとんどの人は塔乗し終え、今まで滞っていたゲート付近はガラーンとしている。改札機のところに立っている航空会社係員の視線が痛い。

ヤバい。急がなくては。どうせこれから十二時間は座りっぱなしだ。考える時間は十分にある。かえって退屈しないで済むというものだ。肩にカバンを引っ掛け、小走りでゲートへ駆け寄り、「すみませーん」

小声で係員へ謝りながらゲートを通過。

「はい、どうぞ。お気を付けて」

穴のあいた搭乗券を渡されて、ボーディングブリッジへ飛び出る。

キィィィ――――。

飛行機までの通路は、整備員が開け放ったドアから入ってくる外気と共に、ジェットエンジン特有の金属を引っ掻いたような耳障りな騒音で満たされている。ジェット燃料が高温で燃焼する、乾燥したベンゼンのような臭いが鼻を突く。ところどころに設けてある小窓から外へ目をやると、ヘッドホンのような大きな耳栓をした整備員たちが作業をしているのが見えた。外は晴れ、とても明るい。

「こんにちは！」

機体の入口でパーサーに迎えられた。機内へ入ると、まだ席に着いていない人も多く、落ち着かない感じだった。自分のツアーに割り当てられた席のエリアを目だけで素早くチェックする。空いている席はないか。離れ離れになったお客様はいないか……。

全員揃っているようだ。見た限り、ご夫婦やカップルで席が割れてしまった様子はない。

「では、私はここに失礼します」

三列シートの通路側、中村夫妻の隣の席へ腰掛ける。集合したときから奥さんは始終ニコニコしている。ご主人は窓側の席を奥さんに譲ったらしい。

「あらあら、添乗員さん。よろしくお願いしますね。私たち、こんな遠くまで旅行をするのは初めてなんですよ」

ご主人を挟んで、窓側から奥さんが声をかける。

「クニミ・コズエです。どうぞよろしくお願いします」

名前を覚えてもらうために、フルネームで自己紹介をする。

「お手洗いのときなど、遠慮なくおっしゃってくださいね。私、寝ちゃうかもしれませんので、そのときは揺すって起こしてください」

狭いエコノミークラスで、窓側の奥まった席に入ってしまうと、一番困るのはトイレに立つときだ。機内が暗くなり、皆が眠っている時間帯など、気の弱い人だとトイレに立てない。

映画のときにはシェードを下げられるし（今は個人型の液晶画面だが）、八千メートル上空からでは、鉄道旅行のような興味深い車窓は、そう長く続かない。ジャンボジェットの窓側の席では、あまり得することはないと思う。

悪いなあと思いながら、中村夫妻の奥様がトイレに立つのに困らないよう、最初に断りを入れておく。それに私は、飛行機の中でホントによく眠ってしまう。

ヨーロッパへのフライトなら、十時間寝ていてもまだ着かない。寝ダメをするにはもってこいだ。普段の生活なら、病気でもしない限り十時間もぶっ続けで寝ていられることは、そうそうない。そう思うと、幸せな気分が増してくる。

カバンの中からネームリストと添乗ノートを出して前のポケットへ入れ、カバンは前席下の足下へ押し込む。その上へ備え付けの毛布もしまってしまう。ホントは靴を脱いでこの上に足を載せたいのだが、お客様の前ではみっともないので、機内が暗くなったら脱ごう。むくんで入らなくならない程度に。枕は腰の位置。膨らませて首にはめるタイプの枕は、私は持って歩かない。機内備え付けの枕で十分だ。

それからもう一つ。カバンからはオーバーナイトキットも手元に出しておく。添乗に出るときは必ず手持のカバンへ入れているA6サイズの巾着袋。機内で一昼夜を過ごすような場合の最低限必要なものがセットされている。ウチの支店の添乗員は誰もがこのようなキットを用意しているが、それぞれ中身が少しずつ違っていて面白い。私のはさしずめタイプ‐コズエだ。

まず、大きめのハンカチが一枚。そして脂とり紙とポケットサイズのウエットティッシュ。最近はウエットタイプの脂とり紙が開発されたので、これ一つで済むようになった。それにアイマスクと耳栓。アイマスクは隣の席の液晶モニターや前のスクリーンのちらちらが気になるときに使用する。眠るときとは限らない。あとは目薬に爪切り、リップクリームにカットバンも常備している。そして爪楊枝数本。外国へ行くと日本にあるようなしっかりと形成された、堅く強い爪楊枝を入手するのは大変難しい。そして最後にペンライト。ペンライトを使用する機会は意外と多く、いつも突然に使いたくなるので、スーツケースに入れていたのでは意味がない。

ショーが終わって暗い駐車場で自分のバスを探すとき、消灯中の機内で何かを落したとき、石窟寺院の壁画を照らしたり、天井画の天使を指し示すポインターの役も果たすし、数台のバスで移動するときに通信用に使ったこともある。そして何よりも外国のホテルでは、停電に遭うことが日本とは比較にならないほど多い。そんなとき、すぐ手探りでコレを取り出し、各部屋を急いで回る。

「停電です。あまり動かずお静かになさっててください」

ベッドや家具の配置に慣れていない真っ暗な部屋で、下手に動くと思わぬ事故につながる。たんコブぐらいで済めばいいが、お年寄りは骨もだいぶ弱くなっている。お客様のケガはツアー全体に大きな影響を及ぼす。

狭い座席ながらも、それぞれのポジションを決めると、乗り慣れたいつもの飛行機に変わらない。

エンジンの推力を微妙に変化させながら、私たちを乗せたジャンボジェットは、ゆっくりとタキシングを始めた。各社のヨーロッパ便が集中するこの時間帯は、成田の滑走路も混み合っている。タキシングも非常にゆっくりだ。

動き出すと不思議なもので、私はすごく眠くなる。初めのうちは小さな窓から見えるいろいろな航空会社の国籍やツーレター・コードを復習していたが、徹夜明けに無理して起きているときの、身体の内側からムッと暑くなるような極度な疲労を感じ、背もたれに頭を預けた。目を閉じると体の中のモヤモヤが、すうっと抜けていくように感じる。少しでもリクライニングにしたいが、離陸のときは背もたれも前のテーブルも元の位置だ。耳の奥でジェットエンジンの音がくぐもって聞こえる。

離陸の順番は、まだかしら……。

何か動く気配で目を開けた。飛行機はすでに上昇を終え、水平飛行に移ろうとしていた。スチュワーデスがおしぼりを配り始めていた。この人たちがそばを通った気配だったのだ。首をかしげて眠っていたらしく、右側がつっぱって少し痛い。今まで目をつぶっていたので窓の外が眩しい。

「よく眠られていたようですね」

と、中村さんのご主人。

「ええ、お恥ずかしいところを。離陸のときはどうしても寝ちゃうんです。出発前は一番忙しいので、きっと気が抜けるんだと思います」

「ほら、おとうさん、おとうさん。山があんなに小さく。何山脈かしら。もっと低く飛んでくれたら紅葉もきれいに見えるのにねぇ」

奥様が眼下の景色に、ご主人の注意を促す。通路側の私の席からは下の景色は見えないが、山まではっきり見えるのなら、今日は快晴なのだろう。ご主人も身を乗り出して窓のほうへ寄った。

ジェット機は成層圏近くを飛ぶので、ここからでは窓の景色を楽しむことはあまりできない。私は離陸や着陸の際、飛行機が大きくバンクして、片側の窓からは地上、反対側の窓からは青い空が見える変な感じが好きだ。バンク中は三半規管も狂うのか、酔ったような気分で斜めになっているのは、飛行機の中でしか味わえない。もっとも着陸待ちで空港の上空を何十分もぐるぐる回っていると、最後には気分が悪くなってくるが。

日本の山の景色はとても美しいと思う。今のような秋の紅葉もきれいだが、私は新しい葉が出始めた頃の、春の山のほうがはるかに好きだ。まるで山全体にきな粉をまぶしたように見える。それが過ぎると、深い緑がてかてかと光るヴィヴィットな葉で山全体が覆われる。

春。何かが始まりゆく瞬間だ。

好きな春の景色を思い出すといつも思う。私には、いつ春が来るのだろう。

ずっと付き合っている彼は同期入社だった。短大卒の私よりは二歳年上だったが、同い年に思えるほど子供っぽかった。

入社後の研修などで一緒に過ごす時間が多く、別々の職場に配属されてからも、時間を作ってはよく逢っていた。

四年目が明けた新年、彼は突然東京転勤の辞令を貰った。私は少し動揺したが、彼のほうはさらに動転しているようだった。その姿を見て、かえって自分は動揺している場合ではないことに気付く。話して聞かせ、なだめすかし、「何も変わらないはずよ」と諭すのが私の役目だった。

ちょうどこの時期、私は念願の海外カウンターへ入った頃だったので、仕事を辞めて東京へついて行くなんて考えはさらさらなかった。迷わず仕事を取った。そんなことで別れるとも思わなかったし、結婚できなくなるとも思わなかった。私にとってはインスタントに逢えなくなるだけのことであって、好きな気持ちは少しも変わらず、毎日の仕事で寂しさは全く感じなかった。

二十九歳になった今考えると、このときが一つのタイミングだったのかな、と思う。他人の話によく聞くが、長く付き合っているカップルが結婚へ踏み切るのは〈子供〉以外では、ひょんなきっかけによることが多い。転勤もその一つだ。

でも私はタイミングを逃したとは思っていない。現にその彼とは付き合い続けているし、別れ話が出たこともない。付き合い方に不満が出たことも、双方共にない。お付き合いは順調だ。ただ以前のように、時間をやり繰りして、どうしても逢いたいと思わなくなったのは事実だ。仕事がメインで、その空いた時間がうまく合えば逢うというのが、最近のパターンだ。わざわざ休暇を取って逢いに行くのは、年に一、二回になってきている。

これも遠距離の宿命なのか。そうしているうちにお付き合いが希薄になって、そのまま消滅するという、お約束のコースを私たちもたどることになるのか……。

五年のうちにはいろいろなものが変わった。変わらないのは彼と私の関係だけ。いいえ、私の気持ちだけなのかもしれない。仕事を辞めてエイッと彼のもとへいけば、新しい生活は始まるだろう、それが不愉快なものであるはずがない。普通の女の子が望む、圧倒的に普通のことなのだから。

しかしそのためには、間違いなくこの仕事を辞めなければならない。今の私に味わえる、唯一つの達成感がこの仕事。なぜこのまま結婚することができないのか。人生を前に進めるということは、何かを諦めるということなのか。

自分でも答えを先延ばしにしている嫌な命題を思い出して、また沈んだ気分になってしまう。仕事中は彼のことは、考えないことにしているのに。

添乗の日、一度だけ彼のアパートから成田へショーアップしたことがある。

彼は京浜東北線『西川口』から歩いて十分ほどの小洒落たワンルームに住んでいたが、二人で寝るにはベッドは小さすぎた。抱き合ってる分にはちょうどいいサイズなのだろうが、次の日の仕事のために、きちんと睡眠を取るベッドではなかった。眠ろうとしているのに、隣に誰かがいるのがとても気になった。それが、あんなに好きな彼であっても……。その夜、私は本当に床で寝た。

ものすごく気マズイ雰囲気が充満する中、翌朝早くに彼のアパートを出た。眠たそうな目で彼は玄関まで送ってくれたが、このときすでに私は後悔していた。説明しきれないドロッとした気持ちを抱え、寝ぼけながらも目で不満を訴えている彼に見送られながら出発する嫌な気分を、他の誰にわかるだろうか?

池袋まで出て成田エクスプレスに乗った。身体の奥からムッと湧くような疲労をずっと感じながらも、電車の中では眠ることができない。もう完全にリズムが狂っていた。

最悪なことにそのときの行先はアメリカ本土だった。普通の状態でも日付変更線を越えるフライトは、降りたときが一番つらい。寝不足と時差ボケのところに、サンサンと降り注ぐカリフォルニアの太陽である。サンタモニカもロデオ・ドライブも、一様に白みがかって見える。このときの私は言ってみれば二晩、満足な寝床から見離され、ごく浅い眠りを、短いインターバルで断続的に取っただけだった。

観光が始まって思い知ったが、身体が思うように動かない。とにかくダルくて重い。ものすごい疲れで、まともに立っていられなかった。乾燥した気候のカリフォルニアのはずなのに、顔も掌からも脂汗が滲み出て、ベタベタで気持ち悪い。ランチ会場でも何も食べたくない。じっとりとしたウェットな気分のまま、動かない身体を引きずって、半ば無意識のうちに観光のメニューをなんとかこなした。とにかく早くホテルへ入って、平らなベッドに横になりたかった。ピシッとしたシーツがきれいにたたみ込まれた、あのひんやりとしたベッドの感触を、このときほどいとおしく思い出したことはない。

このとき以来、私は絶対に彼の家から添乗に出発しないことに決めた。きちんと気持ちを切り替えられないまま、仕事へ突入するとどんなことになるか、このとき初めてわかった。それは、してはいけないことだったのである。

――やっぱり若かったからなのかな。

自分に戻って考えてみる。

今日はいつものように落ち着いた気分でフライトを過ごし、頭の別の部分で、十二時間後到着してからの手順を組み立てている。このリズムは誰にも乱されてはいけない。私の二つ斜め前に座っているAチームにも。

「お飲み物は何にいたしましょうか？」

二人一組のスチュワーデスがワゴンと共にやってきて、飲み物の注文をとっている。いつの頃からか、スチュワーデスをスッチーとかキャビン・アテンダントとか呼ぶようになったが、私はこの言い方が嫌いだ。いつまでもスチュワーデスさん、と呼びたい。特にお互い仕事中だと思うと、なんだか他人事とは思えなくなってくるのだ。

「お飲み物のサービスです。ご主人、ビールもありますよ」

隣の中村夫妻へ声をかける。ご主人はそれに応え、

「じゃあ、ビールをもらおうかな。おまえ何にする？」

窓側の奥様へ訊く。手元のテーブルには紙ナプキンとおつまみが手早く配られた。

「あたしはお茶がいいわ」と奥様。

「緑茶？　日本茶でよろしいですか？　日本茶ありますか？」

窓側からの控えめなリクエストだったので、私が中継してスチュワーデスへ伝える。

「恐れ入ります、ただいまお持ちしますのでしばらくお待ちくださいい。添乗員さんは何になさいます？」

一人のスチュワーデスがギャレイへ日本茶を取りに戻った。ネームプレートも付けたままなので、もう添乗員だとバレている。

「じゃあ、せっかくだからスカイタイムをください」

日本航空オリジナルのキウイジュースを頼んだ。これは機内でないと飲めない。「たくさんくださいい」付け加えると、なみなみと注いでくれた。寝起きの喉には、心地よい飲み物である。おつまみのあられはあとで食べることにして、ポケットにしまう。夜中、ホテルのベッドで眠れないときには、妙にあられの表面に塗られたしょうゆの味を思い出してしまうものだ。

ギャレイのほうから食事の香りが漂ってきた。じきにランチのサービスが始まる。肉か魚か、メインのおかずを大型のレンジで一気に温め直しているのだろう。

「こちらが機内食のメニューですよ」

前のポケットからメニューを取り出し、隣の中村夫妻に教えてあげる。

【出発便】　東京—アムステルダム

## 午餐

季節のサラダ、仔牛のフィレステーキロッシーニ風、マデラソース、パテカナッペ添え、ポテト、ミックスベジタブル又は、ポーチド舌ビラメのパセリソース添え、ズッキーニ、人参、ポテト……

格調高い文体で、高級そうな料理の数々が、コースの順序に沿って記されている。全部食べ終わるには、さぞ時間がかかるだろうと思うのだが。

食事に限らず飛行機に乗っていると、多少は高級な雰囲気を味わうことができる。機内誌の広告一つをとってみても、時代の先端を行く各業種のブランドイメージ広告が圧倒的に多い。ファッションにクルマ、ＩＴ関連、そしてリゾート地の素敵なホテル……。もはや往路の飛行機の中から「普段と違う雰囲気」が十分に漲っている。気分は大いに盛り上がってくるというものだ。

さて、ワゴンが近付いてきて「お肉かお魚か」のオーダーを訊かれる。奥の中村夫妻は二人とも魚料理を注文した。

実際の食事が目の前の小さなテーブルに出されるといつも思い出すことなのだが、先ほどのメニューの午餐という響きからは、「えっ、これが……」と思ってしまうような料理が、一枚のトレイの上に隙間なくびっちりと並べられている。

しかし、メニューに嘘はない。一つ一つ確かめると、確かに記載どおりの料理がトレイの上に載っている。ただ、エコノミークラスでは、それらがすべてコンパクトにまとめられているというだけだ。現行のＩＡＴＡ（国際航空運送協会）協定によって、エコノミークラスの機内食サービスは、一つのトレイに盛り付けなければいけないことになっている。

これに、ビールかワインを勧められる。高級ブランドイメージ満載の機内誌を慌てて片付け、なんとか置くスペースを作り出す努力をしなければならない。

次は私の番だと思っていると、傍らのスチュワーデスが膝を折って顔を耳元に近付けてきた。

「添乗員さん。恐れ入りますが、お魚にだいぶ偏っちゃったんです。お肉のほうをご協力いただけないでしょうか？」

やっぱり来たか。今日は魚料理が食べたい気分だったのに。でも仕方がないわ。仕事中の女性同士、協力し合わなくては。

「ええ、いいですよ。じゃ、お肉ください」

「すみませーん。ありがとうございます」

メインのおかずが仔牛のトレイが、私の前のテーブルに置かれた。

乗客がチョイスできる種類の機内食では、配り始めで偏りが出ることがままある。後ろのほうに座っていると、もはやメインのおかずは選べない。当然といえば当然だが、スチュワーデスはそれをできるだけ少なくし、均等に配るよう努力している。初めに魚がたくさん出ると、途中でも私たち添乗員は余っている肉のほうを勧められることが多い。

そんなわけで今日の私の昼食は、仔牛のステーキになった。袋を開けて小振りのナイフとフォークを出す。紙ナプキンを膝の上に広げて、熱くなったホイルを慎重に剝がす。航空会社のマークの入った塩とコショウの小袋は、いかにも機内食という感じがして楽しい。これを専門に集めている人もいるそうだ。押すようにして肉を小さく切り分け、フォークを右手に持ち替えてひとくち食べる。

おいしい。

ソースが少し甘いけど、塩を振れば大丈夫。ついでに添えられているニンジンやインゲンにも塩をかける。レア好きの私には少々焼きすぎだけれど、きちんと肉の味がして、なおかつ肉もいいところを使っている。朝を抜いてきたから、お腹がペコペコだ。狭いポジションで、あまりガツガツ食べられないというのも、おいしく感じる要因だろう。

フォークを移し、パリパリとした食感の野菜サラダをぱくぱく食べながら考える。

ツアーはまだ始まったばかりだ。飛行機だってあと九時間も乗っていなければならない。通常私が会社にいる時間と同じくらいだ。こうしてずっと座っている間、支店の皆は出社して、ものすごい量の電話に追われて、メールを見ながらキーボードを超スピードで叩き、お客様の相手をしながら、会議にも出席したり、クレームの処理に冷や汗を流したりしているのだろう。なんだか皆に悪い気がする。

九時間後、それらのことがひと段落ついて、残業するか、それとも飲みに行くかして、皆が家に帰る頃、私は飛行機を降りて仕事が始まる。

さっきもそう思ったように、飛行機の中ではできるだけゆっくりしよう。考えなければならないことも今回はたくさんあることだし。今夜まともにベッドで眠れるかは、誰も保証してはくれない。食いダメと寝ダメはできるときにしておかないと……。

最後に残ったのはデザートだ。通りがかりのスチュワーデスから熱いコーヒーを貰い、デザートの蓋を取る。チョコレートのかかったババロアは冷えていておいしい。スプーンを三回口に運ぶとデザートはもうなくなってしまった。もう少し大きかったらいいのに。EU域内の路線だと、これにチョコレートやクッキーが添えられていることが多い。これがものすごく甘くて、コーヒーにはよく合う。日本では見た目より〈甘くない〉お菓子が一般的に〈良いもの〉とされるが、私はお菓子は甘いほうがよい。添乗中はハードで不規則な生活が続くので、摂取カロリーのことは忘れることにしている。

飛行機の中のコーヒーは、おしなべて苦い。きっと作り置きして、いつも温めているからだろう。でも私はこのコーヒーを口にしたとき、飛行機に乗っていると実感する。この味は飛行機の中でしか味わえない。オフィスの作り置きのコーヒーでも、不思議とこの味は出ない。機内の雰囲気とか小さなカップ、サービスしてくれるスチュワーデスなど、いろいろな要素が混ざり合ってこの味になるのだろう。口の中に残る苦味がやる気を起こさせる。私は今、仕事中なのだ。

二つ斜め前のAチーム国見は、ポータブルモニターの映画に見入っている。何を見ているのだろう。機内誌を取り出し、プログラムをチェックすると、封切前のアクション映画のようだ。この時間帯は私を監視する必要もないというわけか。

飛行機はまだ、シベリア大陸に差しかかったばかりだ。高高度な上、真っ暗なので見えるわけないが、ツンドラの大森林の上を飛んでいるのだろう。

初めてTS(トランス・シベリアン)ルートを飛んだのは、会社に入って二年目の十一月、遅い夏休みを貰っての旅行だった。そのとき窓側に座っていた私は、ちょうど今頃の時間、暗くなった機内でシェードを少し開け地上を眺めていた。

真っ暗で何も見えないと思っていたが、少し飛んでいると、ところどころオレンジ色に〝ぼうっ〟と明るくなっている弱々しい光が見えた。大きいものもあれば小さいものもあるし、点在しているものが集まって大規模に見えるものもある。

きっと、小さいのは村で大きいのは町だ。あんなに広い真っ暗な大地の中、あの小さな弱い光のところにも人が住んでいるのだ。学校の地理で習ったシベリアの資源を採掘する、クズネツクコンビナートという言葉を思い出した。ものすごく寒そうな小さな町で、皆それぞれの思いで毎日暮らしているのだろう。そう思わずにいられない、とても寂しい光景が続いた。

この席からは窓の外は見えないが、きっと今日も明りは灯っているだろう。はるか頭上の成層圏近くを飛ぶ、日本の旅客機を思うシベリアの人はいないだろうが。

お腹もいっぱいになって機内も暗いことだし、本格的に寝ることにしよう。まだ、六時間はたっぷり眠れる。

寝る前にトイレを済まそうと後方の化粧室へ行くと、先ほど食事を運んでくれたスチュワーデスがラバトリーチェックの最中だった。彼女たちは私たちがいつでもキレイなトイレを使用できるよう、しょっちゅうトイレを掃除している。

「あら添乗員さん。先ほどはお肉すみませんでした。食べられましたか？」

「いーえ。おいしかったですよ。気になさらないでください」

「何名様くらいのツアーですか？」

「今回は十八名です。ヨーロッパを周るのにはちょうどいい人数です。ほとんど仙台のお客様です」

「アムステルダムではお乗り継ぎはございますか？」

「ええ、そのままマドリッドまで。そこまで行かないとベッドで寝られないんですよ」

「そうですね、どうぞ機内ではおくつろぎになってください。アムステルダムでは弊社の地上係員がお乗り継ぎのお手伝いをいたします」

「ありがとうございます。でも次のポーション（広い意味での区間）も搭乗券は出ているし、時間をつぶすだけですね」

「あらごめんなさい。必要ありませんでしたわね」

「いいえ、お気遣いどうも。失礼してお手洗いをお借りしてもよろしいでしょうか」

トイレのドアは鍵を掛けると明りが点く。暗い客室から来たので、目をしょぼしょぼさせながら、思い切り大きく伸びをして、特に左右の側の部分を伸ばす。ぶら下り健康器のようなそれ用のバーが、天井部分に備え付けられていたならば、私は絶対ぶら下るだろう。

日本航空の飛行機は健康踏み竹も搭載している。長いフライトで足がむくんでいるとき、これを踏むのはものすごく気持ちがいい。足の裏から頭までじんじん響く。

今はまだ足のほうは大丈夫だから、踏み竹は帰りのフライトに取っておこう。それより顔だ。湿度ほぼ〇パーセントの客室で、あと九時間も過ごさなければならない。顔や手など、肌が表に出ているところに保湿クリームを入念に塗り直す。これを怠ると目が覚めたとき、顔がチクチクした感じになり、やがて虫が這い回っているようにムズムズしてくるのだ。私は何度もこれを経験した。一度これになると、お風呂に入るまで回復しないとても厄介な症状になってしまう。

もう一度大きく伸びをしてから席に戻る。ベルトを締め直して眠る体勢をとる。暗くなっているので靴も脱いじゃえ。前の座席の下に収めてあるカバンの上に、足を真っすぐに伸ばす。足の指にぎゅうっと力を入れて曲げると、伸びをしたときのように気持ちいい。

くつろいだ体勢で、気に入ったポジションをキープしているうちに、私はいつしか本格的に眠っていた。自分ではとても浅い眠りで、途中で何度も目を覚ましたように思う。何十本もの夢を見たような気もする。しかし実際はかなりしっかり眠ったらしく、休日の朝、目覚ましなしで目が覚めるときのように、私は自然に目を開けた。

通算で眠りの必要最少時間を満たしたらしく、腰やお尻は痛いが頭はスッキリしていた。

これから本格的に始まるツアーのことやAチームの正体も大事だが、さっき途中まで考えた、彼とのことをどうするかを今はじっくり考えたい。仕事と結婚。主婦とキャリアウーマン。自分の生活を彼との生活。どれも私にとってはかけがえのないものであり、目標でもあり憧れでもあり、それぞれの終着でもある。何かを達成することは、何かを諦めることでもある。

私の考えはいつもここで堂々巡りに陥ってゆく。何も捨てたくないと思い続けることは、決して前には進まないことだと了解して、考えることをやめてしまう。どうせこの私が考えたって、正しい答えは出ないのだから。

彼への思いと自分にとっての仕事。いずれは決着をつけなければならないことに違いない。このことも、今回のツアーの帰国までには、はっきりと態度を決めよう。

そう、帰国までには……。

まだある、まだある、と思っていても機内で進む時間は意外と早い。Aチームの正体と自分の将来を行ったり来たり考えてるうちに、そしてその間に次に乗る便の準備などしているうちに時間はどんどん過ぎた。スチュワーデスは飛行機が着くと仕事は終わりだが、私たちはそこからが仕事だ。その準備に取りかからねば。

そう思いながら時計を見て気付いた。西ヨーロッパ時間に合わせておかなくてはいけない。腕時計を外し、針を八時間戻す。

先ほどから機内は明るくなり、軽食がサーブされようとしている。スチュワーデスが通路を通る回数も多くなってきた。お休みになっていたお客様も、そわそわし始める頃だ。

いろいろなことをゆっくり考える時間はもう終わりだ。結局Aチーム攻略法も、彼との今後も、結論は出ずじまい。いつもこうだ。十三時間は長いようで短い。寝ていた時間もだいぶあったけれど……。

大きなジャンボジェットがフワフワとした感じで降下する。アムステルダム・スキポール空港が近付いてきたのだ。Aチーム国見も、他のお客様も降りる準備を整えている。フライト中、彼にばかり気を取られていたが、ここからは気持ちを入れ替え、しっかりしなくてはいけない。

機内へアナウンスが入る。

『ご登場の皆様。当機はただいまアムステルダム・スキポール空港へ向けて着陸体勢を取っております。およそ二十分で着陸の予定でございますので、座席ベルトをもう一度お確かめください』

続けて現地の時刻と気温がアナウンスされる。座席ポケットの中を確かめ、足元の乱れた毛布やカバンをきちんとし、仕事を始める準備をする。

アムステルダムでは乗り換えだけなので、仕事というほどのことではない。ＥＵ域の入国を済ませ、ターミナルを移動し、次の便の搭乗券を配り、その区間をもうワン・フライト。本当の仕事はそのあとから始まる。

チャイムが二回鳴って、機長から乗務員へ最終進入合図が送られる。スチュワーデスもジャンプシートに座りベルトを締めた。着陸だ。

頭の中では、降りてからの手順が自動的に組み立てられてゆく。どの場面で何を言うか。案内を組み替え、頭の中でリピートしてみる。次の便がどのターミナルになるか、着いてみるまでわからない。

さっきまで飛行ルートが映し出されていたモニターには、機首に備え付けられたガン・カメラが撮る着陸の風景が映されている。このカメラを付けたのは日本の航空会社が初めてだという。

十日間もあると思っていたのに、もう一日目が終わりに近付いている。

オランダの青みがかったグレイ色の空を、静かに滑空するようにジャンボジェットは空港へ吸い寄せられた。

ドン・ドーン。

接地する強い振動と共に、私たちは地に足が着いた。ジェットエンジン噴出の向きが変えられ、急速にブレーキがかかる。腰骨に引っ掛けた安全ベルトがぴんと張る。十三時間ぶりに味わう、前に進むのに抗う力だ。

——ああ、仕事の始まりだ。

好きな仕事とはいえ、この瞬間はやはりこう思う。支店の皆は、家へ帰って寝る頃なのに。

帰国したら、思いっきり寝よう！

「それでは皆様、お忘れ物のないようにご準備をお願いします。前のポケット、上の棚、機内でお求めになった物など、もう一度ご確認ください」

飛行機がターミナルのそばで止まり、ベルト着用のサインが消えると、近くのお客様に声をかけながら自分も席を立つ。数時間前から降機後のモードに入っているので、手順は整っている。Fクラス、Cクラスのお客さんから順に降りるので、エコノミーの私たちはまだまだだ。けれど、できるだけ早く降りて、適当な集合場所を見つけなければならない。スキポールは通路が長いので、先に降りたお客様に勝手に進まれると捜すのが大変だ。

『お待たせしました。前方左手一個所のドアからお降りください』

放送が入って、降りる順番が回ってきた。すでに通路は先を急ぐ乗客でいっぱいで、早くから準備をしていた割にはすぐに降りられそうもない。通路をのろのろと進む。出口のところではエプロンから正装に着替えたパーサーが、見送りと塔乗のお礼をしている。

「ありがとうございました」「ありがとうございました」一人ひとりにおじぎをしている。

私が通ると言葉を変えた。

「ご苦労さまです。これから先もどうぞお気を付けて」

「お世話さまでした」

## もうひとりの一人参加客

ボーディングブリッジを先へ急ぐ。お客様が先へ進んでしまわないように急ぐ。おおよそのお客様は私よりあとのはずだが、二、三人先に降りたかもしれない。例の国見に先を越されたらアウトだ。

外国人を何人か追い越して、ターミナルへ入ったが私のお客様はいないようだった。日本航空の現地係員がチューリヒとマドリッドへの乗り継ぎを日本語で案内している。私たちが乗ってきた便は、チューリヒとマドリッドへの接続便なのだ。

少し広いところでお客様を待つ。私の前には誰も降りていなかっただろうか。お客様が全員揃うまで心配だ。

女性一人参加の由塚さんが最初に出てきた。目立たないが、少しなぞの客だ。

「こちらでーす」

小さく手を挙げて合図をする。少し微笑んで彼女はこちらへ来た。

「お休みになれました?」

「ダメです。お尻が痛い。それから空気のせいかしら、膝がものすごく痛い」

「大丈夫ですか？　歩けます？　少し休みましょうか」

「いいえ、大丈夫です。地上の気圧に慣れれば、すぐ治ると思います」

あら、この女性は飛行機に乗り慣れている。客室が与圧されているのを知っているようだ。ジェット機は空気の薄い上空を飛ぶので、酸素マスクなしでも地上と同じように過ごせるよう、客室には濃い空気で圧力がかけられている。地上と同じくらいの気圧のはずだが、やはり微妙に違うらしい。私もときどき、膝や手首が痛くなることがある。

関節ぐらいならガマンできるが、虫歯があると致命的だ。全圧力が虫歯に集中するかのように、ギリギリと痛む。室内の圧力そのものがそうなっているので、手で押さえようが冷やそうが、全く効かない。持参の正露丸を詰めても、もって三十分だ。とにかく早く飛行機を降りて普通の気圧に戻るまで、脳に直接響く痛みは消えない。なので私は、いつ「行ってこい」と言われてもいいように、虫歯は兆候が出た時点ですぐに歯医者にいくことにしている。

由塚さんに続いて浅野・中野さんのOL二人連れも出てきた。この三人の席は並べたはずだが、仲良くなっただろうか。

私のお客様を見る限りでは、若い人よりお年を召したお客様のほうが元気なようだ。狭いところにじっとガマンして座っているのは、若い人にはかえって疲れるのだろう。

「皆さーん、お揃いでしょうか。お忘れ物はございませんか。お手洗いのご用の方はおられますか？　お手洗いはこの先の待合室にもありますので、そちらでも大丈夫です。皆様はこれから飛行機を乗り換えて、スペインのマドリッドへ向かいます。成田でお預けになったお荷物も、ここで同じ飛行機に積み換えられますので、次の飛行機をお降りになったらお引き取りお願いします。これから次の飛行機のターミナルへ移動しますが、途中パスポートコントロールがあります。ＥＵ加盟国の場合、最初に到着した国でＥＵの入国審査を受けることになりますので、お手元にご自身のパスポートをご用意ください。一度入国を済ませますと、あとはＥＵ域内での手続きは不要です。ご準備はよろしいですか。お忘れ物ございませんか？　では、まいりましょう」

混雑する時間帯ではないのか、ターミナルへの通路は静かだったのでそれほど大きな声を出さずに案内することができた。

スキポール空港のターミナルはとても大きい。アジア・オセアニア方面からの長距離線が到着するピアから、ＥＵ域内線発着のピアまでは十五分ぐらい歩かなければならない。途中、ＥＵの入国スタンプをパスポートに貰う。通路にはたくさんのショップ、おみやげ屋、レストラン、バー、カジノまであって、とても楽しそうだ。長い乗り継ぎ時間もここなら退屈しない。ヨーロッパのハブ空港と呼ぶにふさわしい。

次の搭乗ゲートへの通路が見えるところまで来て、一旦解散することとした。イスがたくさんあって、トイレが見える範囲にあり、目印になるものがあるとよい。タバコを吸うお客様がいるときは喫煙コーナーも近くにあるとよい。もっともこれはどこの空港でも最近はとても難しくなった。

添乗員がキョロキョロ迷いながら行ったのではお客様は不安になるだろうし、それ以前にカッコ悪い。なのでこれらの条件が揃いそうな場所を、目だけ動かし素早く探す。生まれて初めての空港でも、さも知っているようなふりで、顔の表情は変えず目だけをサッと動かす。どこの空港でもトイレと乗り換えと出口は、目だけですぐに見つける自信がある。これは職業的訓練の結果だ。

十八人引き連れて、少し賑やかな待合室に出た。次のゲートへの通路も見えるし、イスもたくさんある。さて、何か目印になるものはないか。目より高い位置をザッと見回す。至る所にフライトインフォメーションのモニターテレビがあるが、同じものが多すぎて目印にはならない。

待合室全体を俯瞰すると、何かのフェアなのか、柱の一本一本にリボンのような長い旗が吊り下がっている。どれも一つずつ種類が違う。これを使わない手はない。それぞれの旗には紋章のようなものが織り込まれている。それぞれに意味があるのだろうが、私にはわからない。色のきれいなものにしよう。手近なところに春の晴天を思わせる、淡い水色と緑に色取られた清楚な旗があったので、これに決めた。

「皆様、大変おつかれさまでした。次の飛行機のお時間まで、ここで一旦解散します。再集合はこの場所、この水色と緑の旗のところにします。お手洗いはあちら。パスポートはもう使いませんので、落とさないようにしまっておいてください」

「集合時間は何時ですか？」

国見である。少し後ろのほうから叫ぶように質問してきた。いよいよ本領発揮か。時差のことがあるので、時間は最後に説明しようと思っていたのだ。私は少しムッとして答えた。

「はい。お時間ですが、まず皆様の時計をこちらの時間に合わせてください。これからのご集合・出発に関してはすべて現地の時間でご案内しますので、よろしくお願いします。日本との時差は八時間あります。ただいまのこちらのお時間は六時十分です」

自分の腕時計とモニターに表示されている時刻を見比べながら確認する。

「ゲートはこの先、もう少し行ったところにありますので、この場所への集合は三十分前の七時十分とします。ちょうど一時間あります。七時十分にこの水色と緑の旗のところへご集合願います。それから、ここにあるおみやげ屋さんなどでお買物をされる際、搭乗券が必要となりますので、今お渡ししておきます。こちらも落とさないよう、各自お持ちください。ではお名前をお呼びいたしますので、受け取った方から解散とします」

ムッとして話していたのが顔に出たのか、最前列にいた由塚さんが一瞬「やれやれ」というような顔をした。

次の区間の搭乗券を配り終え、解散となると、ほとんどのお客様はおみやげの売店をのぞきに行ったようだった。私もオランダのおみやげは見たかったが、まず次のゲートの下見だ。ここから時間はどれくらいか、混雑具合いはどうか、最後に使えるトイレはどこか、セキュリティーの程度は、ざっとこれだけのことを計りながら、ぶらぶら歩く。

添乗中、最も重要な仕事の一つは下見だ。時間が空いたら下見をするべきだ。行ける範囲は全部行っておいたほうがいい。身体は場の雰囲気に敏感に反応するものなのだ。人は予想しなかったことに出くわすと、本当に動けなくなる。

もう一度モニターでフライトナンバーとゲートを確かめ、そちらへ向かう。今度の便は共同運航便なので、日本航空のフライトナンバーが付いていても、機材はイベリア航空だ。これも知らないと、乗るべき飛行機がない、と慌ててしまうことになる。

ゲートへの通路は思ったより長く、トイレは途中二カ所あった。最後のトイレは二つ目のところにしよう。ゲートの待合室入口に手荷物のセキュリティーチェック。可動式のようだ。探知器の向こう側にはすでに大勢の搭乗客が待っている。日本人らしき人はほとんどいない。

――混んでいるようだから早目の移動にしなくちゃ。

私は思い、踵を返した。次のフライトに備え、最後にしようと決めたところのトイレを利用し、準備を整えた。

手を洗い、トイレから通路に出たそのとき、男性用から国見が出てきた。

「あら！」

「あ、ミクニさん。……次のフライトは満席のようですね」

「ええ…。ご覧になってこられましたか？　予約は入っているから大丈夫です」

それきり国見は皆のいる賑やかなターミナルの待合室へ戻っていった。

下見なら添乗員以外には不要なことだ。それとも私のあとをつけてきたのか。いずれにしてもここは今、お客様のいる場所ではない。それに彼は一つボロを出した。十三時間ばかり前に初めて自己紹介し合った者同士、出会い頭にとっさに名前が口をついて出るものだろうか。彼は確かに「ミクニさん」と呼んだ。以前から国見は私の名前を知っている。少なくとも十三時間前に初めて聞いた名前ではない。普通「添乗員さん」とくる場面である。

ずっと前から私は彼の監視対象だったのだ。

「国見さん。あなた以前から私を知っていたのですか？」

追いかけていって、問い質してやろうかと思った。

だが、仮にそうしても「はい、そうです」と言うわけはないだろう。それをやったら、自分で自分のツアーを不愉快でつまらないものにしてしまう。判断を誤ると、他のお客様まで巻き込んでしまう。

イラついた暗い気持ちでターミナルの待合室へ戻ることになった。やはりヤツはＡチームなのか。

賑やかなおみやげ屋をブラブラと見て歩く。大小いくつもの木靴。そして数々のチーズ。大型の冷蔵ケースに、平たく丸いもの、それが扇状に切られたもの。たくさんの種類のチーズが並べられている。隣のブースには陶器。高価なデルフトもあるのだろうか。青っぽく絵のつけられた風車や木靴の形をした陶器。小さな子供が、顔を突き出してキスをしているものは定番だ。

こんな、ごく普通のスキポールでの乗り換えも、今日は非常に不愉快に思える。相手に主導権を掌握されつつある。こちらには証明する手立ても、証拠一つさえもない。私の中の疑念が確信に変わってゆくだけだ。

集合場所から少し離れた、あまり目立たないイスを選んで座った。時間まではまだ三十分以上ある。

下見はあとからすればよかった。少し独りになりたい。とはいっても添乗中は無理だが。向かい側のイスで、髪を短く刈り込んだ体格のガッシリした白人が『ＨＡＡＲＥＴＺ《ハーレツ》』を読んでいる。イスラエルの新聞だ。モサドだろうか。彼も監視活動中か。それとも監視されているのか！　私と同じように。

国際空港のトランジットルームではいつもこんな感じになる。新聞の国際面の記事がずいぶんと身近に思えてくるのだ。私の中では、即席にスパイ小説の舞台になってしまう。今の私は、支援チームと連絡の取れない、絶体絶命のスパイのようなものだ。場所も国際空港だし、これから国境を越えて西へと移動だ。あいにくとパスポートは本物だけれども。

バカなことを考えていると、時間は集合の十五分ほど前になっていた。水色と緑の旗の近く、皆から見える位置に移動しなくては。

思い出したように私が突然立ち上がると、向かいの『ＨＡＡＲＥＴＺ』おじさんがピクッと反応した。やはり情報機関の人間なのだ。

「皆さーん。お揃いですかー」

一人参加の二人がいることを目視してから付け加える。

「お連れ様がおられない方はいませんね？　大丈夫でしょうか。皆さんお揃いでしたら、ゲートへまいります。お忘れ物ないようご準備ください。ゲートでは持ち物のセキュリティーチェックがあります。では、まいりましょう」

人数を数え直してからゲートへの通路へ進む。二時間弱の滞在でオランダともおさらばだ。チューリップと水路の観光も今回はナシ。飛行機を乗り継いで、スペインのマドリッドへ向かう。

塔乗待合室はごった返していた。国見の言うように、この便は満席らしい。

「皆様、お手洗いはよろしいでしょうか。ご用の方はここでお済ませください」

入り口前のトイレを案内してから、私が先頭でセキュリティーチェックを受ける。

全員が中へ入り終えた頃、ちょうど塔乗が開始された。ゲートに向かって列ができる。私たちの一行も列の最後に加わり、人数を数えながら私が列の最後についた。

次のフライトはおよそ二時間。ゆっくりとモノを考えている暇はない。ガラス張りの待合室からは、これから乗るイベリア航空機の垂直尾翼に描かれた、小さな王冠のマークがライトに照らされはっきり見える。地上の作業員たちが、まだ胴体のカーゴエリアへいろいろなものを積み込んでいる。私たちの荷物も、うまく乗り換えられたかしら。

機内へ乗り込み、全員が席へつくと飛行機は間もなく動き出した。

「セニョーラ、セニョール……」

スペイン語と英語で、規則上することになっている安全上の説明が、頭上の荷物棚から吊り下がった小さな液晶モニターの映像と共になされる。それが終わると、機内は離陸に備えて照明が落とされた。小さな窓からたくさんの標識灯が見える。緑やオレンジ、赤、青、夜の空港独特のとても美しい風景。一つ一つのランプの意味がわかったらな、といつも思う。

現地の時刻で午後八時。ここからなら、ヨーロッパの各主要都市へは二時間以内で行くことができる。各地への最終便が出発する忙しい時間帯だ。昼間と変わらぬ慌ただしさで、ひっきりなしに飛行機が離発着している。

シートのポジションにもまだなじんでないうちに、私たちの機も暗い夜空へ急上昇していった。

深いバンクを取って急旋回する。傾いたほうの小さな窓から、地上の明りがたくさん見えた。アムステルダムの街だ。昼間なら水路も見えただろう。

まだ水平飛行に移る前、すでに機内は明るくなりエプロン姿に着替えたスチュワーデスによる機内サービスが始まった。おしぼりが配られ、飲み物のオーダーを訊かれる。

ヨーロッパ内の路線は各社各国入り乱れての競争が激しいから、短時間のフライトでも機内サービスは比較的充実している。もう少ししたら、軽い食事も出るはずだ。

こちらもうかうかしていられない。今日、二番目に忙しい時間帯が目前に迫っている。飛行機を降りたら、あれこれと考えている暇はない。お客様をバスに乗せて、ホテルの部屋に入るまでの流れを作らなければならない。疲れて、ベッドまであと一歩というホテルのロビーでもたもたしていたのでは、いくら温厚な方でも怒り出す。明日の出発のところまでスケジュールを見直し、何をどのタイミングで効果的に説明するか、頭の中でもう一度おさらいをする。

そうこうしているうちに、ライトミールがサービスされ始めた。エコノミークラスなので、こちらも一枚のプレートにこぢんまりと載っている。サンドイッチ、サラダ、デザート、チョコレート、クッキー、チーズ。

小さな丸いパンに野菜とサラミが挟まったサンドイッチが、小さい割に豪華に見えるのは、挟まれているものの量の多さからだろう。日本のコンビニのサンドイッチに慣らされている私たちにとって、本場のそれはごちそうに見える。いつかテレビで、外国人タレントが「ニッポンのサンドイッチはサンドイッチじゃない」と言っていたのを思い出した。

まだ食べている最中なのに、前方の席では、もう片付けが始まっている。後方席の私たちのところへは、あと十分くらいは大丈夫だろう。だがこの便はもう着陸までは一時間を切っている。

## 深夜のマドリッドで

マドリッドのバラハス国際空港に降り立ったのは、現地の時刻で夜の十時過ぎだった。他の便とはカチ合わなかったのか、入国ターミナルは私たちの便からの乗客だけのようだった。

パスポートコントロールの前に一旦集合し、人数と忘れ物の確認を済ますと私が先頭で入国する。ＥＵの入国を済ませているので、ここではパスポートを見せるだけだ。

バゲージクレイムへ進む。モニターの画面には私たちの便名が映し出されてはいるが、荷物を運んでくるベルトはまだ動いていない。

出口そばにある両替所は夜が遅いからなのか、混雑している。今行ったら時間がかかりそうなので、先にトイレタイムを取ることにしよう。

「はい、皆さーん。お揃いでしょうか？　成田で預けたお荷物はこちらへ出てまいります。じきにベルトコンベアーが動き出すと思いますのでもう少しお待ちください。お手洗いは皆様の後方、あちらでございます。お荷物が出てくるまでの時間にご利用ください。ホテルまではおよそ四十分くらいです。両替はあちらになりますが、今ちょっと混んでいるようですので、先に荷物を受け取りましょう」

話し終わらないうちにブザーが鳴って搬送ベルトが動き出した。

ビジネス客が大半だったのか、乗っていた人数の割に荷物受取場は混んでいなかった。流れてくるスーツケースに目を走らせ、自分の会社のマーク入りタグの付いているものを素早く降ろす。荷物のピックアップ漏れはなさそうである。それとダメージ。キャスターやハンドルがもげていたりすると、そこで書類を作らなければならない。

「お荷物を受け取られた方は、壊れているところがないかお確かめくださーい。税関検査は左側、緑のマークのほうをお通りください。その先にも両替所があります」

「スミマセン、添乗員さん。いくら両替すればいいんですか？」

「特別に何かお買物のご予定はございますか。なければ当面のお小遣いとして、一万円も両替しておけばいいでしょう」

成田でも両替を心配されていた奥様が訊いてきた。

「あちらの窓口で一万円札を出すだけでいいです。今日のレートで計算したユーロと交換してくれますよ」

話している間に、鮮やかな赤にとても映える黄色のベルトを巻いたオイスターのコズエ・モデルが流れてゆくのが見えたが、話を中断して自分の荷物を引き上げるわけにはいかなかった。

——あーらら、あと一周待たなくっちゃ。

と思いながら流れていった方向に目を向けたとき、私は戦慄した。

少し先で流れてくる荷物を待ち受けていた国見が、私のスーツケースをベルトコンベアの上から降ろしていたのである。

身体をこわばらせてそちらを凝視していると、国見は私の姿に気付いた。

「コズエさん。降ろしておきましたよ。この色、目立ちますねー」

背中から冷水を浴びせられたようなショックを受け、声も出ない。これは明らかに私に対する挑戦だ。すたすたと、私は自分のスーツケースへ近寄り、やっと出る声でできるだけ平静を装って言った。

「あら、ありがとうございます。よくわかりましたね」

この一言に国見がなんと答えるか、私は最大の期待を込めて言った。しかし言い方にだいぶトゲがあったか、嫌悪感が露骨に顔に出ていたのか、国見は困ったようにもじもじしてしまった。

――しまった……。

いくら取り乱したからとはいえ、今のは添乗員がお客様に取る態度ではない。自分が原因でお客様を困らせたり、不愉快にさせたりするのはあってはならないことなのである。すぐに挽回しなければ……。

ムリヤリ笑顔を作って本来の自分に戻ろうとする。

「国見さまのお荷物はもう出られましたか。もう皆さんお揃いのようですから、ご準備がよろしければまいりましょう。両替はよろしいですか」

「ええ、ユーロは少し持っているんです。友人がくれましてね。小銭ばっかですけど。邪魔だったやつを無理に両替させられました」

あとから取って付けたような理由をわざとらしく言うところがますますクサイ。ここへ来て警戒感が薄れたのか、意外と簡単にしっぽを出すかもしれない。

ヨーロッパへはしばしば来るから、いちいち両替しなくても現地通貨は持っているのだろう。自分だってそうしているし。もしかしたら会社が予め両替して持たせているのかもしれない。なにしろ社長室付の特別査察チームだ。海外出張もすべて会社持ちに違いない。

辺りをぐるりと見回して、付近に私のお客様がいないことを確認する。両替所に二、三人順番を待っているが、もうすぐに終わるだろう。

「あちらがお出口です。税関では申告がないときは緑色の通路をお通りください。国見さんはご存知でしたよね」

言い換えれば「渡航経験豊富なんですよね」という内容のことを言って反応を見る。今は私が先手を取った。

国見はその言葉には何も反応しなかった。黙って自分のスーツケースを転がし、足早に出口のほうへ向かった。

私は何かとんでもないことをしようとしている気がしてきた。

両替をしていた二人を待って、私は真っ赤なオイスターを転がしながら最後に税関を抜けた。

自動ドアが開くと、到着ターミナルである。

扉を抜けると思ったより暗い到着ロビーに出た。

——そういえば、こんなだったか……。

前に来たときのことを思い出しながら、自分のお客様を捜す。私のツアーの一団は前方左手に、ひと塊となって最後の私たちを待っていた。その中心にいるのが現地ガイドの高見さんである。同期入社の岩崎も来ていた。

高見さんは数年のOL生活後、ロンドン留学中にスペイン人の現在の旦那さんと知り合いになって、スペインの国籍を取得して移り住んだ現地ガイドだ。子供のいない彼女は日本語のツアーガイドを副業としている。数年前に初めて組んで仕事をしてからは、年齢も近いし、OL時代の話がよく合うということもあって、私がマドリッドへ入るときは可能な限り彼女がガイドしてくれる。

岩崎とは入社当時の研修などでよく一緒だったので、お互いに知った仲である。懐かしい顔ぶれに、疲れや少し落ち込んでいた気分も吹き飛んでしまった。

お客様の手前、「きゃー、久しぶりー。元気だったー?」とはしゃぎたい気分は顔の表情だけにして、二人とは握手だけ軽く済ますとただちに仕事に取りかかる。

「大変お待たせしました。皆様お揃いでしょうか? お忘れ物はございませんでしょうか。もう一度お確かめください。パスポートはしまわれましたか？　今日はもう使いませんので、ちゃんとしまっておいてください。お手洗いのご用の方はおられませんか？　このあとすぐにバスへご案内します。ホテルまでは四十分くらいです。恐れ入りますがお荷物はバスまでお持ちください。よろしいですか？　では、まいりましょう」

高見さんと私が先頭になって歩き始めると、岩崎が最後に付いてくれた。基本どおりのフォーメーションである。

「高見さん、お久しぶりでした。あさってまでよろしくお願いします」

「こちらこそよろしく。コズエさん、疲れたでしょう。今回はどんなお客さん？」

「一般募集です。だいたいは支店の仙台エリアでご夫婦中心で、新婚さんも少し。お一人だけ東京から参加の男性がおられます」

「観光やおみやげ屋さんについてはホテルで打ち合わせましょう。お荷物はいくつ？」

「私のを入れて十五個です。このところお天気はどうですか？」

旅行の印象は天気によっても大きく変わってくる。

「ちょっと寒いわね。でも雨の心配はないと思うわ」

そういえば空港にはコートを持って歩いている乗客もいた。ヨーロッパはもうコートの季節なのだ。

ターミナルビルを出て前の通りを渡り、左前方の駐車場へと向かう。到着以来、オレンジ色という印象が強い。空港全体がナトリウム灯の明りで照らされているからだろう。

SETRAの大型バスが、胴体横の扉を開けて私たちを待っていた。高見さんがドライバーと二言三言交わす。

「皆さーん、こちらのバスです。大きなお荷物はここに積みますので前に置いてご乗車ください。すみませんが一番前の席はガイドさんと私のために空けておいてくださーい」

荷物をドライバーと一緒にバスの腹の中へ積み込む。十五個あることをお互いに確認して、私もバスへ乗り込む。座席にカバンを置き、車内の通路を途中まで進み、後ろから一人ひとりお客様の人数を数える。全員揃っていたらすぐに出発だ。

「オーケー」

親指を上に立ててドライバーに合図すると、彼も運転席から同じ仕草を返す。

動き出したバスは少しばかり空港敷地内を走ると、高速道路のような立派な道路へ出た。

到着して初めて間近に見る外国の景色は、たとえ暗い夜道でも印象に残るものだが、私の場合、このタイミングではいつもマイクを握って車内に向かって立っているので、到着時の空港周辺の印象は、どこの国のものもないのが通例だ。

「皆様、大変お疲れさまでした。途中乗り継いで、およそ十五時間ほどの空の旅、いかがだったでしょうか。ようやく目的地着きました。ここはスペインの首都マドリッドでございます。バスはバラハス国際空港をあとにしまして、お泊まりのホテルへ向かっております。道路も空いておりますので、三十分前後で着くかと思いますが、明日からの観光に備え、今夜はゆっくりお休みくださいい。皆様の時計は今何時になっておりますでしょうか。私の時計では二十三時二十分。夜の十一時二十分になるところです。これからのご集合、ご出発などのお時間はすべて現地のお時間でご案内いたしますので、皆様の時計も現地時間に合わせておいてください。到着の空港から一緒になりましたスタッフをご紹介します。明日からずっと観光のガイドをしてくれます高見さんです。それからドライバーはセニョール・ノーチェ、そして現地手配担当の岩崎です。ちなみに岩崎と私は同期入社です」

多少の笑いと共に拍手が起こる。ノーチェは運転席から腕を突き出し、親指を立てた例のポーズで応える。通常、空港でミート（出迎え）する現地手配担当者は紹介しないが、岩崎は同期のよしみで紹介した。彼は紹介されてにやにやしている。

バスは快調に走り、私は後ろ向きに立ったまま、明日からの観光について基本どおりの案内をひととおり済ませる。

「では現地の最新情報なども含め、ガイドの高見さんにマイクを代わります」

お願いします。小声で高見さんに言うとマイクを渡し、岩崎の隣に腰を下ろした。バスは一般道に降りたようで、明りの点いた家が道路間近に見えるようになってきた。

「コズエちゃんお疲れ。元気だった？　皆どうしてる？」

「皆元気よ。本社の手配グループはそろそろ忙しい時期に入るわね。年末年始の一カ月前だから。ウチの支店はそれほどでもないけれど、慢性的に人が足りないから。その点、在外支店はいいわね」

「まあね。個人当たり収益率なんて今のところハジかれないからね。でも仕事に対する考え方そのものが違うから。口ではなかなか言えないけど」

「そうねえ。一年くらいになるんだっけ、こっちへ来て」

「いや、もうちょっとで二年だ。そろそろ帰れるかな」

「えーっ！　帰りたいの？　こっちにいたほうがいいよ。日本はつまらないよ。それに五年は帰るの無理なんじゃないの？」

「かもな。コズエちゃん、相変わらずハッキリ言うね。はい、ヴァウチャー（提供内容が記載された予約証）」

岩崎からぶ厚い冊モノのヴァウチャーを受け取り、一枚目が『空港→ホテルトランスファー／コーチ／ドライバー』となっていることを確認し、日付とサインを裏書きする。

ヨーロッパのツアーはヴァウチャー制になっているのが常だ。一つ一つのサービスが一枚ずつヴァウチャーにタイプされていて、サービスが終了するごとにそれを切って提供者へ渡す。サービス内容に変更があった場合はその旨を記載してサインする。記載どおりのサービスが提供されない場合、ヴァウチャーは渡さない。それぞれの業者はヴァウチャーに基づいて手配会社へ請求を立てるので、私のサイン一つで支払いを受けられるか受けられないか決まるのだ。何事もなければサインだけで済むのだが、ひとたびツアーが乱れると、サービスをカットしたり、逆にエキストラワークを交渉したり、それらがすべて添乗員の判断にかかってくる。何度か経験したが、これはとても難しい。

以前、まだユーロトンネルを掘っていた頃、建設会社の技術者を連れてフランス側の工事現場を視察するツアーに添乗したことがある。午前中、現地建設会社との意見交換が白熱して予定時間を大幅に超過してしまった。次の視察現場まではたっぷり四時間はかかる。現場視察は昼食を挟んで十五時から。もう絶対に間に合わない。

バスのドライバーにはチップをはずんで、できるだけトバしてもらうことにした。途中、名前もわからない小さな町でトイレ休憩と昼食。予め手配されていたレストランへは到底間に合わない。もはや手配どおりのレストランで昼食を摂るのは無理だ。少しでも先を急ぐため、この町でサンドイッチと飲み物を購入し、バスの中で食べながら移動することにした。公衆電話からレストランへ連絡を入れ、食事はキャンセルする。もう全員分準備して待っていると店主も残念そうだったが、よく事情を説明して、ヴァウチャーを郵送するから請求してくれと、なんとか収めてもらった。

ドライバーもサンドイッチを食べながらの運転である。フランス北西部の景色のキレイな沿岸部を、バスはスピードを上げて猛然と突っ走る。何事もなければ、とてもいい気分のドライブになるはずの行程だったが、私は食事も喉を通らず、しきりに時計を気にしながら、生きた心地がしなかった。

結局、約束の時間には二時間以上遅れ、先方の勤務時間に間に合わなかった。しかしせっかく日本から見学に来てくれるのだから、とフランスのスタッフは全員残っていてくれた。私たちのツアーは、優しいフランスの方々の厚意によって、辛くも当初の行程をこなすことができたのである。

現場の視察が終わりバスへ戻ったとき、ドライバーが「ひと安心」といったふうに、ニッコリと微笑んでくれた。彼の表情にそのとき私は、図らずも涙をこぼした。

岩崎が持ってきたヴァウチャーはスペインの全ポーションをカバーしている。この国を出国するまでの、旅行に関するすべての手配されたサービスが、これ一冊に綴じられているわけだ。いつもそうだが、最初にヴァウチャーを受け取ったときは「うぇー」と思うけれど、ツアーが進むにつれて次第に薄くなってゆく冊子は、嬉しくもあり、ときどき寂しい気持ちにもなる。

高見さんは相変わらず慣れた口調でスペインの国について、いろいろな説明をしている。バスは街の中へ入り、通りも賑やかになってきた。深夜営業のバールもたくさんの人であふれている。昼寝《シエスタ》の習慣のあるこの国の夜は結構遅い。時計の針は、もう少しで重なろうとしている。〇時前にホテルに着けるだろうか。

「コズエちゃん、どうしたの？　疲れた？」

「えっ、いいえ大丈夫よ。でも、ちょっと気になることがあるの」

「何？　仕事のこと？」

「うん。あとで、打ち合わせが終わったら話すわ」

「そお。もうホテル着くよ」

「そうね。先は長いから早く休まなくちゃ」

「そうだね。こっちも明日は大きなグループが入る。日本の投資団だ。大阪と神戸が多い」

「スペインに投資する人もいるのね」

「ああ、詳しくはわからないが金融関係だね。あ、もう着くよ」

バスはホテル・ミラグロの前庭車寄せへ、ゆっくりと弧を描きながら到着する。すかさずベルデスクから二人のベルボーイがバスの横っ腹へ近付く。

私は急いで高見さんからマイクをもらい、お客様に案内をする。

「皆様、お疲れさまでした。ホテルに到着です。おやすみの方はおりませんか？　降りますよ。バスは一旦車庫へ戻りますので、お手回り品はすべてお持ちになってお降りいただきますようお願いいたします。ホテルへ入られましたらロビーで少しお待ちください。鍵をお配りいたします」

アメリカンタイプのホテルと比べ、ヨーロッパのホテルはロビーも暗く、狭い。ソファーなども人数分確保できないことが多い。

全員が降りてから車内の忘れ物をひととおり見回してから、私も急いでロビーへ駆け込む。高見さんがポーターと荷物の個数をチェックしている。岩崎が事前にチェックインを済ませてくれていたので、今は鍵を受け取るだけだ。その鍵も彼がカゴに入れて持ってきてくれた。

「はい、では皆様に鍵をお配りいたします。恐れ入りますが、お名前をお呼びしましたら、手を挙げてお知らせください。皆様に配り終わりましたら、明日の朝のことなどをご案内いたします」

Aチーム国見に突っ込まれないよう、重要な項目の案内は先回りして言っておかなければ。

一組ずつ名前を呼び部屋の鍵を渡す。古く格式のあるホテルらしく、鍵も電子式でなく、錘のようなブレス製の部屋番号プレートが付いている。

「皆様、鍵はお手元に届きましたでしょうか。とても重い鍵ですので、外出の際はフロントに置いていってください。次に鍵を受け取るときに、一緒にお渡ししましたホテルカードが必要になりますので、こちらのカードは常に携帯してください。お部屋番号やホテルの住所も記載されていますので、タクシーなどでホテルへ戻るときでも運転手にこれを見せるだけで大丈夫です。明日の朝食はあちらのレストランです。朝食は朝の七時から。バイキングスタイルですから各自お召し上がりください。お泊まりのお客様は鍵を見せるだけで結構です。朝食用のクーポンはございません。係の人が席へ案内してくれ、コーヒーか紅茶どちらにするか訊かれますので、お好きなほうをご注文ください。チップは不要です。明日の出発は九時とします。観光のご準備をなさって九時までにここのロビーにご集合ください。このホテルにはもう一泊しますので、お荷物は部屋に置いたままで結構です」

鍵を配り終えてから明朝の予定までを一気に説明する。軽くメモを取りながら聞いているお客様もいれば、ただ聞き流している人もいる。ずっとしゃべり続けていたが、質問を受けるタイミングも設けないといけないので適当なところで切る。

一息ついてよく観察し直すと、国見はメモも取らず聞き流していくタイプらしい。当然といえば当然か。それともわざとメモも取らず、私が眠りかけた頃に部屋へ電話をよこす魂胆なのか。

「皆様のお部屋には明朝七時にモーニングコールをかけます。あとは各自で朝食を摂っていただいて、九時までにこの場所へご集合ください。よろしいでしょうか？」

だいぶ早口でしゃべった感があるが、奥様連中の中から小さく、「はーい」と返事が上がった。これ以上同じ案内を繰り返す必要もないだろう。

「では、お部屋へ上がる前に電話のかけ方もご案内しておきます」

外線へのつなぎ方と国際電話のかけ方、そして添乗員の部屋番号と部屋へのかけ方を説明する。部屋番号を教えなければ、ベッドへ入ると朝までゆっくり眠られるのだろうが、教えないわけにはいかない。普通、添乗員の部屋番号を言うと、たいていのお客様はそこだけでもメモを取る。しかし国見はそれすらもしなかった。細かく観察している余裕はないが、気のせいか、すべて私のすることが見透かされている感じだ。

「では皆様、本日は長い距離の移動、大変お疲れさまでした。明朝は七時の起床で九時の出発です。今夜はどうぞごゆっくりお休みください。私はこのあと三十分ほどはこの場所におりますので、鍵が開かないとか、何か不都合なことがありましたら、恐れ入りますがこの場所までおいでください。では、解散とします」

お客様をエレベーターの前まで連れていき、グランドフロアー（一階）とファーストフロア（二階）ーの違いを説明しながら三回に分けて乗せる。国見は三回目に乗った。

ポーターのところでバゲッジ・アップ（荷物を上げる）を手伝っていた高見さんがこちらへ近付いてきた。

「大丈夫そうね。荷物はすぐに上がると思うわ。お客さんが部屋に入るのと同じくらいかしら」

「ありがとうございます。おかげで鍵もさっさと配っちゃったし。あ、それから例のもの、スーツケースの中なの。部屋で開けてから明日持ってくるわね」

「ほんと!? 持ってきてくれたの、うれしい。楽しみにしてるわ。じゃまた明日。何かある?」

「いいえ、ないわ。明日よろしくお願いします。気を付けて帰ってね。おやすみなさーい」

「おやすみなさい」の一言を残し、高見さんは旦那さんの待つ家へ帰っていった。

荷物がスムーズに上がりそうだと聞いて、ひと安心。このような遅い時間のチェックインだと、深夜番のポーターはたいてい一人しかいない。このようなヨーロッパの古い格式あるホテルでは、エレベーターも小さいのが一、二基しかなく、スピードもすこぶる遅い。このようなところへ大人数の団体がチェックインすると、荷物が部屋へ届けられるまで一時間くらいかかることは珍しくない。自分のツアーが小サイズでも、日本の旅行会社は同じホテルを使うから、各社のツアーが同じ便で一斉に到着すると、ホテルにとってみればオリンピックの選手団が到着したのと同じくらいのパニックになる。

こうなると、添乗員は部屋へ入ってもお客様からの電話の集中砲火を浴びる。

「荷物がまだ届かないんですけど！」

遅くなる理由はそれだけではない。ポーターは部屋番号の入ったネームリストと、各スーツケースに付けられたネームタグのローマ字の名前を照合しながら、ステッカーを貼ったりチョークを使ったりしてスーツケースに部屋番号を書き入れていく。そのあとそれぞれの部屋へ配達するのだが、この名前の照合作業が、彼らだけだと大変手間取る。

欧米人は私たち日本人の名前に慣れていない。佐藤や斉藤はローマ字で書くとほとんど同じだ。聞き慣れない単なるアルファベットの羅列を、一文字一文字突き合わせて確認する作業は、ひどくやる気をなくさせる仕事の一つだ。それが三十個もあると途方もなく時間がかかる。

いま高見さんが手伝っていたのがこの作業だ。普通は添乗員がやる。私たち日本人ならローマ字のネームタグを見ても、容易に当てはまる漢字を思い浮かべることができる。漢字も併記されたリストの中から、同じ漢字の名前を捜し出すのはとても簡単なことだ。さっさとスーツケースに部屋番号を書き入れ、あとはチップを少し余分に持たせれば、荷物はものすごく速くお客様の手元に届く。一番面倒な部分をこちらがやるので、あとのことは彼らも上機嫌でやってくれる。そして後々、いろいろな面で助けてもらえる。ポーターの親分、ベルキャプテンとは、どのホテルへ行っても早目に仲良くなっておくべきだ。

「コズエちゃんお疲れさまでした。こっち来て座りなよ」

「ほんと疲れた」

時計はもう一時を過ぎた。疲れてはいたがそれほど眠くはない。なにしろさっきまでずっと寝ていたのだから。

見ると岩崎がソファーのところで両手にグラスを持って立っている。

「冷えた白ワインを貰ってきたよ。はい、お疲れ」

「えー、コーラのほうがよかったのにな。岩崎君、何で帰るの？　タクシー？」

「ホテルのバレーにクルマを駐《と》めている。運転して帰るよ」

「飲んでも大丈夫なの？」

「こっちじゃ、この程度は飲んだうちに入らない。いちいち捕まえてたんじゃ、全員免許取り消しだ。ところでさっき、気になることがあるって？」

「うん。じゃ寝酒にいただこうかな。ここ何時までかしら」

「もうバーは閉まると思うよ。話を聞いたら俺もすぐ引き揚げるけど……」

「そう、じゃ聞いて。岩崎君、ウチの会社のAチームって知ってる？」

「昔あったサービスの診断をするチームのこと？　またできるの？」

「違うわよ。もっと厳しくなってるの。社長室付きの極秘部署よ。特に添乗サービスの査定を主にやってるの」

「それもここの先輩から聞いたことがある。お客さんに混ざってツアーに乗ってくる、ってやつだろ？　今でもやってんの？」

ダメだ。いくら同期でも、在外勤務では一年ぐらいの感覚ズレを起こしている。

「今はもっと厳しくなってる。添乗降ろされるって話よ。所属の支店も再教育。実態が不明な分、恐れられてる。そのAチームがこのツアーに乗ってるらしいの」

「えっ、さっきのお客さんの中に？　俺も見られてたのかな」

「かもね。あたしなんか成田の集合からずーっとよ」

「でも、ツアーに混ざって会社の人がこっちへ来るときは、必ず連絡来るよ。プライベートの旅行でも、送られてくるネームリストにそういうマークが付いてくる。だから俺らにはわかるんだ」

「そうだったの。けど最近のAチームの話は厳しいこと聞くのよ、国内では。ついこの前も千葉の支店がやられたって。本社の支店長会議でウワサになってたらしい」

「そうなのか。じゃ昔とは違うんだな。もろサービス業だからな、旅行の仕事は」

「そうね。取り巻く環境もものすごいスピードで変わっていく感じがする。岩崎君、明日も私のツアーに来てくれるの？」

「残念だけど無理だ。日本からの大きな団体受けがある。明日からはそっちにかかりっ切りだよ」

「じゃスペインの最終日は？」

「何言ってんの、コズエちゃんバルセロナアウトでしょ。マドリッドからバルセロナまで何キロあると思ってんの。なんで見送りに行かなきゃなんないの。一人で帰れるでしょ？」

「ちぇっ、一人で帰ります。積もる話もあったのに」

「皆忙しいの。大丈夫Aチームがいようといまいと、普段どおり添乗してれば大丈夫だ。自分がツアーをコントロールしてる限り乱されることはないと思うよ。何があってもパニクったらダメだ」

「ええ、わかってるわ。でもなんか嫌な気分……。もう寝るわ」

「ああ、お疲れさまでした。朝、早いと思うけど、ゆっくり休んでください。ほんとにAチームだったら、やっぱヤダね。でも、めったにない経験だ」

「そうね。添乗の力量は踏んだ場数で決まるって先輩も言ってた。岩崎君、運転気を付けて帰ってね。こんど帰国したとき、また皆で騒ご」

ロビーのテーブルに空のワイングラスを二つ残し、私たちはそれぞれの行き先へ向かった。

三十分以上は話していたろうか、この場所に戻ってくるお客様はいなかった。部屋には問題なかったようである。早くシャワーを浴びて寝なくては。やっと横になって眠れる。

ワイン一杯でふわふわした気分になりながらエレベーターへ向かうと、手持ちぶさたにしていたさきほどのポーターが「上へ」のボタンを押してくれた。ちょうどいいタイミングでドアが開く。

「Buenas《ブエナス》、noches《ノーチャス》」

エレベーターの中で自分の部屋の鍵を取り出した。二つ隣の部屋では、国見がもう寝る準備をしているだろう。部屋の前を通り過ぎるとき、思わず耳を澄ましてしまった。何もわかるはずがないのに。

鍵を開けて部屋へ入るとまず自分のスーツケースが目に入った。中に入っているおみやげを、明日忘れないようにしなくては。

高見さんへは郡山の「薄皮饅頭」を買ってきた。餡のぎっしり詰まったオーソドックスなお饅頭だ。パリなどには和菓子の老舗も出店しているが、スペインで生の和菓子を入手するのは非常に困難である。特に餡は大変な貴重品だという。

ベッドサイドの明りを点けて気が付いた。枕元に小さな四角いチョコレートが置いてある。今はチョコレートというより、機内で取っておいたおつまみのあられの気分だが。そしてホテルの封筒に入った私宛てのメッセージ。

急いで封を切ると、ファクシミリで日本から送られてきたレターだった。見慣れた森岡の文字で『今日チェックインする日本からのグループの添乗員へ渡してくれ』とホテルのマネージャー宛てに英文で書かれている。次の段からは日本語に切り替わり、私への本文だ。

ATTN：コズエMS

日比谷の支店に問い合わせてみたがクニミという男性は、顧客リストにも載っていない新規のお客のようだ。本人が来店して申し込んだようで、申込書に記入されている以上のプロフィールはわからない。

職業欄は会社員とだけなっていて会社名もTEL番号もナシだ。

あまり仲良くないやつだが、本社の総務にいる同期にAチームの実態を訊いてみたが、やつのような社長室にかなり近いところにいても、実態は定かではないらしい。ただ添乗員も含め、ツアーの品質を客観的に評価することはしているそうだ。でもそんな嫌らしいやり方はしないんじゃないかという意見だった。

感じとしてはAチームの話だけが大きくなって、本当はいない社内スパイが作り上げられてるとも感じるが、この前の千葉支店のウワサがこっちまで聞こえてくるというのは、やはり何かあるとも思う。つまりハッキリしない。

ともあれこの世界、これに限らずハッキリしないことは多い。この公式を思い出し、しっかりと添乗してこい。

$$r=2(K+D)+H$$

MO

がんばれー　ZU

お天気いいですかー？　KJ

---

あまり意味のない内容の、森岡からのファクシミリにはガッカリした。でも、忘れずに送ってくれたことには素直に喜ぶべきだ。

期待したほどではなかったにせよ、ちゃんと調査もしてくれたようである。しかしながら今の私には、本文の内容よりも最後の皆からの付け足しが、とっても励みになった。

引継ぎやチーム内でメモを残したりするとき、私たちは自分の名前を2文字《ツーレター》で表す。インターネットがまだなかった頃、国際電信テレックスは一文字いくらで課金されたそうだ。できるだけ電文を短くするため、隠語のようなアブリベーションが多数生まれた。名前の2文字表記もその頃の名残りらしい。森岡のMOはまだわかりやすいが、かなりいじられているものもあって、もはや部外者にはわからないような符牒になっている。

ZUは一年後輩の静香ちゃん。しずかの「ず」の字だけが持ち出されてZUの表記になった。森岡からはときどき、「亜鉛ちゃん（亜鉛の元素記号Znをもじって）」とも呼ばれている。彼女と同期のKJは中嶋緑という。ナカジマを縮めてナカジと呼ばれ、それを今風に一文字入れ換えてカナジ→KJとなる。

森岡の書いてきた公式も、私たちの仕事場ではしばしば引用される公式だ。日々の仕事をする上での環境と精神状態が公式化されている。展開すると、

r=2K+2D+H=K+K+D+D+H

すなわち、r・旅行業界は、K・経験、K・勘、D・度胸、D・どんぶり、H・はったりの総量であることを表している。これらの項目において、一定以上の力をバランスよく備えている会社が旅行会社としてやっているのだ。仕事ならなんでもそうだと思うが、陰があれば日なたがある。マニュアルどおりにやっていても、商売繁盛お客様も大満足、とはなかなかいかないのである。

特に2K、経験と勘は、勉強しても身に付くものではない。できるだけ多くの場数をこなし

て初めて、周囲の空気と少し先の未来を同時に感じることができるようになる。そこから先をどう判断するかは、DとHの領域である。添乗に限らず、カウンターで説明しているときでも、この判断を迫られることは少なくない。

自分でも半分忘れかけていた手紙が本当に部屋に入っていて、支店の皆や森岡のことを思い出した。皆のためにもこのツアーでは何か成果を上げなくては。このツアーの添乗員にしかできない大きな成果を上げてやる。そう思いながら私は急いで服を脱いでバスルームへ飛び込んだ。早くシャワーを浴びて寝なくては。明日のモーニングコールは七時ちょうど。少なくとも三十分前に起きて、本当にモーニングコールが鳴るかどうか確かめなければならない。

もう二時になろうとしている。実質四時間くらいしか眠れない。が、それだけ寝りゃ十分だ。まだツアーは初日である。

熱いシャワーでメイクも一気に落とすと、時計をセットしてから、冷たいベットへもぐり込んだ。

## プラド美術館

リン・ローン、リン・ローン――添乗中は必ず携帯しているカード型のSEIKOワールドクロックは、目覚ましアラームが独特の音を出す。添乗中は必ずこの音で起床することにしているので、目覚めたときからすぐに仕事の体制だ。一度だけ家で仕事用の目覚ましを使ったことがあるが、目を開けたら自分の部屋で、かえってあたふたしてしまった。

顔を洗って服を着て、簡単メイクをしているときにベッドサイドの電話が鳴った。身体を伸ばして受話器を上げると、英語のテープがモーニングコールを告げていた。

時間どおりだ。上出来である。

頼んでおいた時間にモーニングコールが鳴らないことは、ままある。文句を言いに行っても、朝のレセプションはとても忙しいから取り合ってくれない。私は初めからそんなことはせずに、自分で各部屋へ電話する。モーニングコールが鳴らないことに起因するクレームは、朝一番のことなので、一日尾を引くから注意が必要だ。

私の仕事を一つ減らしてくれたここの優秀なモーニングコールの受話器を元に戻すと、夕べ読んだ森岡からのファクシミリがそこへ置いたままであるのに気付いた。皆のことを思い出して、封筒を急いで添乗カバンへ入れる。

一回ずつ小分けにしてある着替えパックに使用済みの下着類を詰めて、転がったままでいるスーツケースに手早く入れた。

人にもよるが、私は二週間を超える長いツアーでもない限り、旅行中に洗濯はしない。というよりも、添乗中に洗濯ができるような時間的余裕があったという記憶がない。

スーツケースを開けて高見さんへのおみやげの薄皮饅頭を出す。横のポケットにいつも必ず四、五枚は畳んで入れてある会社の紙袋に入れ替えて、添乗カバンと一緒に持っていく。

エレベーターで降りると、レストランは意外と混んでいた。ビジネスマンが大きく新聞を広げて読みながら食べている姿が多い。

——やはり仕事のできそうな人は、朝食をしっかり摂るんだなぁ。

そんなことを思いながら中へ入るとボーイが近付いてきた。人差し指を立てて一人という合図を送ると、左側の空いている席へ通してくれた。座るときイスを引いてくれる。

外からはわからなかったが、入り口から右手のほうはけっこう奥行きがある。右奥に向かって広いレストランだったのだ。私の席からは奥まで見渡すことができる。コーヒーとトーストを頼み、ビュッフェへ向かった。

歯ぐきに刺さりそうなくらい固く焼かれたベーコン三、四切れ、スクランブルエッグは少し多め、そしてコップ一杯のオレンジジュース。本来朝はあまり食べたくないので、持ってきたものも少しである。スクランブルエッグにはトマトケチャップはかけない。塩とコショウのみで味付けをする。固焼きベーコンを細切りにして、これと一緒に食べることにすれば塩は振らなくともよい。ベーコンを嚙んだときの塩辛い味は、朝食にふさわしい。ここにトーストの香りが加わると、外国に来たなという感じになる。

どこへ行っても西欧圏なら、いつもだいたい同じメニューだが、これを一時間くらいかけてゆっくり食べてみたいと思う。添乗中はそれができない。朝から仕事が詰まっているというわけではないのだが、仕事中は気分的に朝食をゆっくり摂れないのだ。

ここのスクランブルエッグは固めだわ、などと思いつつ、レストランを見渡しながら食事を続ける。

奥のほうに一人で食事を摂っている東洋人らしき男性がいるが、国見ではなさそうだ。

「おはようございます」

少し遠くから声をかけられた。私のお客様である。

「あ、おはようございます」

私も中腰で応える。品のいい初老のご夫婦、高橋夫妻だった。

コーヒーのお代わりを貰って、本日の行程を暗記するまで読む。午前にプラド美術館、午後のトレド観光を済ませればもう夜になるだろう。比較的軽い行程だ。トレドの旧市街で迷子さえ出なければ、一日は無事終わったも同然だ。

そうなりますように、と思いながらカップを空け、席を立つ。遠くに座った高橋夫妻へ軽く会釈をするとレストランを出た。

「あら、おはようございます」

こちらから声をかけたので、少々面食らったようだった。出口のところで朝食に来た国見と出くわしたのだ。

「あ、コズエさん。おはようございます。いい天気になりましたね」

またこの人は、私を名前で呼んだ。君のことは前から知っているよと言わんばかりに。けれど、私が成田の最初の挨拶で「名前で呼んでもらうとうれしい」と自己紹介したのを、一生懸命実行してくれているだけなのかもしれない。

——ただの考えすぎか……。

そう思いながら、一度部屋へ戻ろうかと迷ったが、部屋へ行けばベッドへ横になってしまいそうなので、高見さんへのお饅頭も持ってきたことだし、部屋には戻らないことにした。集合まではあと一時間以上あるが、ロビーでの情報集めや、ホテル前の通りを散歩しているうちに時間は経つだろう。お客様にはこれから何を訊かれるかわからない。せめて東西南北の位置関係ぐらいは押さえておかなければ。

ロビーにはホテルで斡旋しているツアーのパンフレットが置いてあることが多い。今日これから行くところのものがあれば、一応目を通しておいたほうがよい。イラストマップや有力な情報が載っていることもある。

と、基本に沿ってロビーを見回してみたが、ここのホテルには有益そうなものはなかった。玄関にはタクシーが四、五台停まっていたが、その脇をすり抜けて通りに出た。昨夜は暗い中到着したのでよくわからなかったが、明るいところで見ると街並みはヨーロッパのそれである。スクールバスが来るのか、通りの向こうに揃いの制服を着た小学生らしい子供たちが、がやがやと集まっている。

しばらく彼らを眺めていたが、大人びて見える外国人の子供は本当に可愛い。ヒップホップの影響か、男の子たちの間では制服を少し崩して着るのが流行りのようである。全世界的な傾向なのか。

通りには他にも男女のビジネスマンが行き交う。今は朝の通勤時間帯であったことに気付く。クルマも多く路線バスも来た。

私も日本では、このような風景を構成する一つの要素なのだろう。皆同じだ。朝は少し急ぎがちに通勤する。夕方になると家へ帰る。ときどきは途中で皆とお酒を飲んだり、食事をしたりする。その繰り返し。

なんとなく普段の生活をしみじみ考えてしまった。きっと無意識のうちに多くのことを比較しているからだろう。それにしてもうらやましいのは、この国にはシエスタがあることだ。

通りを行く人たちを眺めながら私はホテルへ戻った。いつの間にかホテルの前にはバスが停まっている。今日一日観光する私たちのバスだ。珍しく時間よりだいぶ早い配車だ。ドライバーはこれから朝食だろうか。

一番早いお客様は集合の四十分前にロビーに現れた。三十分前には高見さんもやってきたのでおみやげの薄皮饅頭をあげた。

「こんなにたくさん、ありがとう。今夜から一個ずつ大切に食べるわ」

「凍らせておいてもいいです。レンジで普通に戻りますよ」

「ええ、そうするわ。それにしてもうれしいわぁ」

「そんなにアンコってないんですか？　ご主人もお饅頭なんて食べるんですか」

「ダンナの口には合わないみたい。甘いものは嫌いじゃないのにね。やはり得体の知れないものは口にするのが嫌なのかしらね」

「そうですね。私もそういうところあるかな。一日荷物になるけど、今日持って帰ってください」

「ホントありがとう。今日のガイドは私一人でやるから、コズエさん休んでてね」

「ありがとうございます。そうさせていただきます」

冗談半分でもこう言ってもらえるのは気が楽だ。ペースを自分のほうへ戻すことができるということは、疲れをだいぶ軽減できるということでもあるのだ。

十分前には皆集まった。

「では皆様、バスへご案内します。お忘れ物ないですか？　カメラにビデオ、お財布など……、よろしいでしょうか。では、まいりましょう」

人数がそれほど多くないので、バスの席も調整することなく自然に収まった。最後に乗り込み、空いている一番前の席へカバンを置く。

ドライバーに小さな声で「Buenos《ブエノス》 dias《ディアス》」を言い、ダッシュボードの横に引っ掛けてあるマイクを引っ張り出す。ヨーロッパの新しいバスは、車内のオーディオ設備もしっかりしたものが装備されており、本格的なアナウンス向きだ。スイッチを入れ音量を調節すると、自分でも不思議なくらいに言葉が滑り出る。

「皆様おはようございます。スペイン最初の夜は、よくお休みいただけたでしょうか。本日は一日観光でございますので、どうぞ体力を蓄えておいてください。お忘れ物はございませんでしょうか。カメラ、ビデオ、フィルム、お財布などよろしいでしょうか。今日はまたこのホテルへ戻りますので、観光の道具と貴重品以外はお部屋へ置いていかれて結構です。ご準備がよろしければ発車いたします」

ドライバーの耳元へ「ゴー」とささやく。

左手で網棚のあたりを摑み、道路へ出る際の揺れを踏んばりながら右手のマイクで案内を続ける。

「バスはこれからプラド美術館へまいります。三十分もかからずに到着すると思いますが、午前中いっぱいかけて、世界的に有名な絵画の数々をご鑑賞いただきます。お昼は市内のレストランでパエリアを召し上がっていただいたあと、郊外のトレドへまいります。トレドを観光したあと、こちらマドリッドまで戻りまして、同じホテルへもう一泊ということになります。交通事情にもよりますが、ホテルへ戻るのは六時頃になるかと思います。そのあと夕食へ出かけ、解散は九時頃の予定です。集合時間はその都度ご案内しますので、時計をご確認ください。途中でお手洗いなどのご用がありましたら、ご遠慮なく早目にお申し出ください。それではこれよりまいります観光の詳しいご案内を現地ガイドの高見さんからしていただきます」

マイクを手渡すと、高見さんは出番を待っていたようにしゃべり始めた。

私はドライバーのすぐ後ろの自分の席に座って、時間の記録やヴァウチャーの確認作業をする。

バスは環状道路を通りプラド美術館へと走る。高見さんは川の名前や街路樹の名前を織り交ぜながらガイドを続ける。さすがだ。私なら、自分が住んでいる仙台の町でもこんなに話すことは思いつかないだろう。

プラド美術館は予想どおり混んでいた。開館の時間に合わせて来たが、ゴヤ門の前にはすでに長い列ができている。ここでは一時間＋ショッピングの時間を取ってあるが、足りるだろうか。

高見さんがマイクを使う。

「では皆様、美術館到着でございます。貴重品以外はこのバスに置いていって結構です。館内お写真はOKですが、フラッシュ撮影はダメです。それと、あまり大きなカバンはクロークに預けないといけませんので、置いていったほうが無難です。反対側の出口から出ますので、同じ場所へは戻りません。皆様、どうかはぐれないようについてきてください」

私の添乗カバンは確実にクローク行きなので、ネームリストと詳細な行程をまとめたフォルダーだけを出して、バスへ置いてゆく。ミネラルウォーターなどの水ものも持ち込めない。

どこの美術館でもそうだが、限られた時間内で日本のツアーが鑑賞するコースはだいたい決まっている。大英博物館なら、エジプト文明とミイラ、メソポタミアあたり。ルーヴルなら、サモトラケのニケ、ヴィーナス、モナリザ、ナポレオンの戴冠などをポイントにルートを構成する。

ここ、プラド美術館はもっと簡明だ。一時間しかない場合、観る部屋は三つしかない。ベラスケスの部屋、ゴヤの部屋、グレコの部屋。この三部屋だけでも解説を聞きながら進めば一時間では足りない。特に絵の鑑賞が目的のお客様がいたりすると、この短さはクレームになる。

やり直しがきかないし、あとを引く嫌な部類のクレームだ。販売店で申し込みを受ける際、そのお客様がツアーのどこに特段の重きを置いているかまでは摑み切れていないのが現状だ。今回はそのようなお客様がいないことを祈る。

美術館の中は少し蒸し暑かった。これから一時間以上もずっと立ったままである。通常の徒歩の観光より、美術館・博物館のほうが体力を消耗する。踵の高い靴などを履いてきたら十五分と持たない。お客様の中に、そのような靴を履いてきた人はいないだろうか。足元を注意して見る。

それからトイレ。特に美術館の女性用は、いつも外まで並んでいる。便器にたどり着くまで辛抱強く待たねばならない。その間にガイド率いるグループはどんどん先へ行ってしまうから、間違いなく迷子になってしまう。一生に一度しかチャンスがないかもしれない生の名画を見損なう、ツアーからは見離され途方に暮れる。団体行動中のトイレほど損をすることはないから、用は事前に済ませておくようしつこいくらい繰り返し案内しておくことが必要だ。

高見さんを先頭に、トイレトラブルもなく名画鑑賞は順調に進む。私はグループの後ろから、はぐれたり疲れたりしていそうなお客様に注意しながらついてゆく。高見さんはもともと美術に詳しいので、絵の解説も面白い。先頭は彼女に任せて、私は後方からの監視である。

絵や展示品に気を取られて、グループからはぐれるお客様は意外と多い。大人の迷子は泣き出さず、あちこち動き回るので捜すのが大変だ。

グループ全体に気を配らなければならない立場の私は、今回は監視される側でもある。国見は、ここでもつかず離れず一定の距離を置きながら、いつも見える範囲にいる。それに気付くと、自分の気持ちも苛立ってくる。出口は知っているから、高見さんに一言言って、女性トイレででもまいてやろうかとも思う。

でもそんなことをしたら、きっと仕返しされる。国見本人が迷子になったことにして、ひと騒ぎ起こすのだ。他のお客様を巻き込んで、結局最後の一言はこうだ。

「一緒にいた添乗員は、何やってたんだ！」

事の大小にかかわらず、添乗員付きのツアーでは必ずこうなる。それをよく知っているから国見は私の動きを封じることができるのだ。主導権を掌握されてしまっている。私のツアーなのに。

考えると腹も立ってくるので、できるだけ考えないことにしよう。せっかくの生のベラスケス『ラス・メニーナス』を、王様と同じ目線でもっとよく観よう。自身が楽しんでいないと、お客様にも伝わってしまう。気持ちがカリカリした添乗員との旅行では楽しいわけがない。

「ミクニ？　さん？　でしたっけ。ここはもう何度目ですか？」

気持ちを察したように一人参加の女性、由塚さんが尋ねてきた。

「そうですね、ここは七回か八回目です。でも私はダメですね。絵の具だけでよくこんな写真みたいに描けるなぁ、って思うくらいです。きっとすごい名画なんでしょうけど」

「それはうらやましいわ。でも添乗員さんは大変ね。私たちはついて歩いていればいいけど」

「そんなことないです。仕事は楽しいです。お客様と一緒にどこへでも行けるし。それに、私たちの仕事は『大変そう』と思われてはいけないんです。お客様に気を遣っていただいていたら、十分にリラックスした楽しい旅行になりませんからね」

「では余計なことを言ってしまったかしら」

「いいえ、どうぞ気になさらずに。絵をご覧になってください。次はグレコの部屋へ行くと思います。グレコの描く人物は、顔が小さいのが特徴です。私はいつも少女マンガを思い出してしまいます。長身で手足が長く、顔が異様に小さいですからね」

「何度も観ている方が言うと、面白いですね。私も注意して観てみます」

「ええ、時間が短くてすみませんが、じっくり観てください」

予定どおりグレコの部屋へ入り、有名な絵を二つ三つ、解説を聞きながら観る。お年を召したカップルが三組ほど、高見さんにべったり張り付いている。美術に興味があるのだろう。

美術館の中ではあまり大きな声で解説することができないので、よく聞くためにはそばに寄らないといけないのは当然だが、物理的に限界がある。解説がよく聞こえなかった……、と後にクレームにならないよう、要所要所でグループをまとめながら進めなければならない。また「あの人ばかり、ガイドさんを一人占めしている」というのもよくある。たいていのことは、その場で言ってくれれば解決できることが多いのだが、事が終わってからいろいろ言われても、もう、どうすることもできないのだ。

そのへん、高見さんは上手なので、とても安心していられる。解説を積極的に聞きたい人と、そうでない人の見極めも確かだ。私が高見さんと組んで仕事をしたいと思う理由は、こんなところにもある。

『受胎告知』の前に来た。有名な絵だが、これは少し離れて観たほうが、私はいいと思う。全体の構図の中で、人物の顔がいかに小さいかがよくわかるだろう。まるで十二等身だ。

解説が面白いと、あまり疲れを感じない。高見さんはさすがだ。お客様も退屈している様子はない。

プラド美術館観光最後の部屋、ゴヤの部屋へ入ると、『裸のマハ』と『着衣のマハ』の前に人だかりができている。いつものことなので、別の場所で絵の説明をしてから、銘々で観にいってもらう。ここが終わるとだいたい終わりだ。

ヨーロッパの美術館では、有名な絵でも、時間さえあれば立ち止まってじっくり眺めていてもよい。日本の「何とか特別展」などでは一方通行に進まされ、止まって観ることができない。

日本は忙しい国なのだろう。

ミュージーアムショップには必ず寄る。ここで時間を取らないと、逆にクレームになるくらいだ。日本人は買物が大好きで、プラド美術館へ来たなんらかの証が欲しいのだ。

私もここは好きである。名画をあしらった絵ハガキは、普通のお店ではなかなか売っていない。そこそこ有名な絵のハガキを購入し、額へ入れて自分の部屋へ飾る。数週間ごとに入れ替えると、そのときのツアーを思い出して、豊かな気分になれるのは確かだ。ショップで出版している各国語の写真入ガイドブックも買いである
バスへ戻って、やれやれという気分になる。美術の鑑賞は思ったより体力を消耗するのだ。

ランチ会場へ向かう。バスで少し走り、間口のそれほど広くない、一見してそれとわからないようなレストランへ入る。短い階段を下り、中庭のようなところに私たちのテーブルは用意してあった。天気もよく、イベリア半島を照らす陽光は眩しい。

中庭に設えられた長テーブルに、真っ白なテーブルクロスが弱い風で少しだけ揺れている。まるで映画のセットのようだ。すでに皿に盛られたサラダが人数分並べられている。席へ着くと、伏せられていたグラスをボーイが立ててゆく。メインの料理は、もちろんシーフードパエリアだ。

高見さんと二人で手分けしながら飲み物の注文を取る。ビールにワイン。アルコールを摂ら

ないお客様にはミネラルウォーターが注がれる。

「さあ、皆さん。食べましょう」

全員で一緒に摂る食事の際、特に初めてのときは、何かきっかけを作るようにするのも私たちの仕事だ。ナイフとフォークの使い方を知らない人はいないだろうが、たまに、特に若い男性のお客様で、マナーを意識しすぎて食事がぎこちなくなっている人を見かける。

「お時間は十分にございます。ごゆっくりお召し上がりください」

率先してフォークを右手に、サラダをバリバリ食べ始める。いつもそうだが、外国のサラダは量も多く大味だ。なによりも、細かく刻んでない。小腹が減ったときなどは、これだけでも十分だろう。一番端の入り口に近い席に座った私の周りは新婚のご夫婦ばかりだった。楽しそうに赤ワインを飲んでいる。見知らぬ者同士も、気軽に話をしている。私もその中に加わろう。ほどなくして、歓声と共にパエリアが登場した。直径一メートルもあろうかという大きな鍋の、サフランの黄色も鮮やかに、二人がかりで運ばれてきた。

「さ、さ、皆さんっ。お写真をどうぞ!!」

私が一番端の、すぐ立てる席に座っていたのはこのためである。

「お願いしまーす」

ＯＬ二人連れが、奥の席からカメラを持ってやってきた。カメラを預かり二人を鍋の横へ。

鍋を持つウェイターもポーズを取る。パエリアからはシーフードのいい香りがしてくる。

「撮りますよー。1、2、3、ハイッ」

続いて皆が鍋と一緒に写真を撮り、パエリアは皆のお皿に取り分けられた。

デザートのアイスクリームが出ると、高見さんはバスの様子を見に席を立つ。私は場所の確認がてらお手洗いを済ませ、デザートが終わる頃、お客様へ案内をする。

「そろそろ出発の時間が近付いてきました。ゆっくりで結構ですので、ご準備をお願いします。お手洗いはこちらでお済ませください。次はトレドまで、約二時間バスでの移動となります」

トイレはきれいだったが小さかったので、女性の場合は時間がかかる。あと十五分は出発できないだろう。

「それではお済みの方からバスへどうぞ。ガイドの高見さんが先に行っています」

全員が席を立ったテーブルをひと巡りし、イスの足元まで忘れ物、落とし物がないかチェックする。

イスの背もたれに引っ掛けられたままの上着やポシェットを発見することは案外多い。最後にトイレの中をチェックする。まだ、女性用にお二人がお待ちのようだ。

私は女だから女性用トイレでもごく普通に入ってチェックできるが、男性添乗員の場合、なかなか調べられなくて困る、と以前に森岡が言っていた。男性に比べると利用時間が異様に長く感じられるそうで、ひょっとしてもう済ませて別のところで迷子になっているのではないかと思ってしまうそうである。

「あらあら、お待たせしましたー」

明らかにお化粧を直してきたとわかるご婦人が出てきたところで、全員のはずだ。メイクを直すだけの心の余裕がうらやましい。一緒にバスへ行き、人数を数え直す。

オーケー。出発だ。高見さんに出発を告げ、運転手へ合図を出す。

## 正体を暴きたい…焦りの中で

バスは車窓観光がてら、市内を少し走ってからN401号、通称トレド街道へと入る。丘よりもゆるやかに続く広大なジャガイモ畑の中の一本道をバスは快調に走る。

ものすごく天気がよくて、風景の中の、植物の葉っぱの輪郭までがハッキリと見える。これが日本にも降り注いでいる同じ太陽の光なのか！　輝度の部分で明らかに差があるように感じる。

そしてこの素敵なドライブを、心理的にも楽しくさせる理由がもう一つある。沿道には興を殺ぐ、さまざまな広告用の看板が一つもないことだ。

高見さんの説明によれば、規制されているそうだ。場にそぐわないものは排除するという調和を大切にする姿勢は、やはりヨーロッパだ。わが国なら一分ごとにサラ金の看板なんかが次々と現れるところである。

ただ、なぜか二種類の看板だけはときどき見かけた。闘牛に出てくるような、いかつい体つきをした大きな黒い牛の看板。それとギターを弾くおじさんの看板。どちらもお酒の広告とのことだが、デザインがこなれているからか、これらの看板は沿道の景色にもなじんでいて、私たち旅行者の目を楽しませる。「いかにもスペイン」という感じにさせてくれるのだ。

一時間ほど走ってトイレ休憩のため、途中のおみやげ屋兼ドライブインへ寄る。おみやげのコーナーはとても充実していて、スペインに関するありとあらゆるおみやげを売っている。中でも中世の武器関係のレプリカは博物館のラインナップようだ。

トレドはその昔から武器製造の町として名を轟かせ、その名残が今でもこうしたおみやげ屋に残っている。中世の騎士が使用していたような甲冑、槍、サーベルなど、本当に使えそうな武器がずらりと並んでいる。おみやげに買っても、絶対に機内には持ち込めないだろう。

刀剣類を並べたコーナーに日本刀のレプリカが売られていたのはおかしかった。日本にいても、日本刀なんてどこで買えばいいかすぐには思いつかないのに、こんなところでお目にかかるなんて。

そういえばイングランドのエディンバラでも日本刀を見た。刀剣ファンの間では、やはりなくてはならないアイテムなのだろうか。

私は小さくいろいろな形の刀剣が六本セットになった楊枝セットを買った。錫製の重々しいジョッキ状の入れ物に入っている。側には〈TOLEDO〉と彫ってあるので、リンゴでも剝いたときに一緒に出すと、話題を取れそうである。

バスに戻り、さらに一時間ほど走って私たちはトレドへ到着した。相変わらず陽差しは強く、乾燥した感じは、日本の初夏のそれに近い。

バスは丘の下、タホ川に架かるサン・マルティン橋の駐車場で待機する。ここからは歩いて巡る。とはいっても、最初は丘の上まで登らないといけないので、かなり歩かなければならない。近年、上までのエスカレーターが設けられたので、前のように延々と階段を上らなくてもよくなった。けれど、エスカレーターはときどき故障している。ご愛嬌だ。

旧市街へ入ると、もう絶対に気が抜けない。一旦列からはぐれると、ほぼ間違いなく迷う。追いかけていって追いつけるなんてものではない。ここは迷路だ。絶対に一人では歩けない。

自分も高見さんの姿を見失うまいと必死なのに、加えてお客様を絶対に取り残さないよう、気を配らなければならない。説明しながら歩く高見さんに皆が一緒についていってくれればいいのだが、途中でミネラルウォーターを買ったり、シャッターチャンスを待ってしばらく動かなかったり、なかなかまとまって歩いてくれない。角を曲がり高見さんの姿が見えなくなると、私はもう気が気でない。「皆早く。急いでください。はぐれちゃう」本当に叫びたくなる。

立ち止まったり買物をしたりするお客様は、添乗員さんが後ろから来るから大丈夫と思っているのだろう。確かにそのために私がいる。だが、いよいよ自分が列からはぐれたことに気付いて「どうしよう」と泣きつかれても困る。どの道を行けば追いつくのか、私にも全然わからないのが正直なところだ。

ハラハラとイライラしながら四十分も歩けば、迷路のような素敵な旧市街の散策も終わり、広場を見下ろす高台で最後の見物。ここでまた、それとなく人数を数えて全員揃っていれば「ヤマ場を越した」ことになる。

もっとも心配していた国見は列から抜けることなくおとなしくついてきた。女性一人の由塚さんも、浅野・中野さんのOL二人も私を困らせることなく終点まで来た。かえってお年を召したご夫婦の、特に立派なカメラを提げた旦那さんに一番ハラハラされられたのは意表を突かれた感じだ。なるほど最近のシルバー世代はアクティブになった。少し前なら、集合時間に必ず遅れる若い人たちに困らせられたものだったけれど。

太陽が沈みかかり、一日のうちで最も美しい時間が立ち込める。こんな仕事をしていなければ、この時間に屋外の、しかも外国の景色のきれいな場所に佇んでいられることなど、なかなかできない。このことに気付いただけでも、とても得した気分になる。観光が始まってからは国見もおとなしい。もしかしたら完全に私の思い込みにすぎなかったのか。国見がAチームだなんて、全く関係のないただの一般のお客様なのではないだろうか。

あやふやな気分のまま、私は帰りのバスへ乗り込んだ。

マドリッドへ戻る前に銀細工のおみやげ屋さんへ寄る。この時間も、三人の職人さんが手作業でヤスリをかけている。日本ならプレスで打ち抜いてしまいそうな型も、職人さんが丁寧に削っている。重厚な味のある作品が、こうやって出来上がってゆく。

帰りのドライブも快適だった。少しウトウトしたが、あとはずっと次第に暗くなってゆく景色を見ていた。途中トイレ休憩に寄ったサービスエリアでは、牛のモモの形をしたままの生ハムが、天井からたくさん吊り下がって売られていた。そうとうグロテスクではあるが、ほんの少しの休憩の間でも二、三本は売れているようだった。こちらでは普通の光景なのだろう。薄く切って毎日食べたとしても、一年以上は確実に持つだろうと思った。

バスの中は静かそのもの。高見さんのガイドもしばしお休み。鈍く規則正しいエンジンの音だけが響いてくる。時折後ろを振り返ってみても、ほとんどのお客様が寝ているようだった。ただ、国見は外をじっと眺めている。まるで私のことなど全く意に介さないといったふうに。

何を考えているんだろう。家族のことだろうか。奥さんや子供はいるのだろうか。いや、いたらこんな旅行には参加できるはずがない。でも、これが仕事だったら……。
もしかすると、本人もこんな他人の綻びをムリヤリ見つけ出すような仕事にはうんざりしているのではなかろうか。本当は家族と一緒にディズニーシーにでも行っていたいのではなかろうか。

一瞬、そんな思いが頭をかすめると、国見という男が、たとえAチームであったとしても、普通のおじさんのように思えてきた。内偵を進める嫌な奴から、多少は人間味のある憐れむべきサラリーマンのお父さんとも見えてきた。家族へはおみやげなんかも買うのだろう。

そうだ！　おみやげ屋で何を買うかできっかけを摑もう！　最も自然な感じで家族や仕事のことが訊ける。そこが突破口だ。これからおみやげ屋には何軒も行く。そこで何を買うかそれとなく観察し、女物を買ったら「奥様のですか？」、おもちゃを買ったら「お子さんのですか？」と尋ねればいい。

家族がいることがわかれば、家族を置いてまで一人で旅行している点に多いに興味を示すのだ。不自然な旅行スタイルに彼はなんと答えるだろうか。まさか「会社の命令で仕方なく来ている」とは言わないだろうが、なんと答えるか楽しみだ。こんなときの答えも会社が用意しているのだろうか。いずれにしても会話はごく自然に進めなければいけない。何かを探ろうとしていることを悟られないように、ごく自然に。

添乗員がお客様のプライバシーに立ち入るのは好ましいことではない。会話の話題を誤っただけで、大変なクレームになることもある。しかもこの種のクレームは、往々にして本人には直接来ない。旅行が無事終わって、忘れかけていた頃に会社へ直接入ってくるのだ。

Aチームがもし本当に存在するのなら、旅行中のこのような実態を掴もうとしているのかもしれない。だが、いくらAチームが頑張っても、人間同士の気持ちのスレ違いを防ぐことはできないと思う。生身の人間が数日間、同じ行動を取り、同じご飯を食べ、教えたり教わったりしながら過ごすのである。

Aチームの実体を暴こうなんて、やはり意味のないことなのだろうか。どんなに自分がしっかりやろうと思っても、結果はお客様任せだし、運任せでもある。同じことを言っても、天気が悪ければお客様は始終不機嫌だろうし、快晴なら何をしなくてもよい旅行だったということになる。特段、私が何かをしなくても、旅行がよい思い出になるか否かは、すでにいくつかの条件によって決定付けられている。だとすると、添乗員なんていてもいなくても同じじゃないだろうか。そもそも旅行に添乗員なんて必要なのだろうか。添乗員付きの旅行なんて、本来の旅行スタイルから大きく外れているのではなかろうか。

およそ旅行会社の社員とは思えないような発想が、頭の中で暴走を始める。ダメだ。早く普段の自分に戻らなくては。添乗している真っ最中に添乗の意味を考えるようになったら末期的だ。

皆と一緒に楽しく旅行をしようと思えば思うほど、自分の添乗スタイルが気になって、Aチームのこととはまた別の暗い気持ちになっていった。

到着が遅くなったその晩は、ホテル近くのレストランにステーキの夕食がアレンジされていた。その前菜に先ほどの生ハムが添えられていた。席が近くの人たちと「昼間見た塊ですよ」などと話しながら、小さくナイフで切って口へ運ぶ。

「しょっぱーい」

「ずいぶんと塩漬けになっているねぇ」

お客様が口々にするのを耳にしながら、

——そうそう、この味、この味。

私は一人思った。

今夜は、昨夜に比べるとだいぶゆっくりしている。今夜中にツアーレポート（古くは添乗日報）の今日までの部分を書いてしまおう。溜めるとものすごく大変だ。毎日めまぐるしく変わるツアー中は、あとから書こうとすると最初のほうを忘れてしまっている。ホテルなどはどこがどんなだったか、ごちゃ混ぜになってしまう。

ツアーレポートは仕事の上では負担ではあるけれど、自分のしてきた仕事の証でもある。会社の定めている提出基準は『同じコースに、初めての添乗員が行ってもまごつかない程度に詳細に』ということになっている。私が今乗っているコースに次回デビューの新人添乗員がアサインされたとしても、このレポートさえ熟読していけば、催行管理から基本的案内事項まで、さも知っているように振る舞えるような精度と内容で書かなければならない。

もちろん旅行はコースが同じでも、同じことが起こるとは限らない。突発的事項をどんなに詳細に書いても役に立たない。該当するツアーの底流にある普遍的なことに重点を置いて、予見できるトラブルとその対処法が記されているとポイントは高い。

私の支店ではこれらのレポートが自由に閲覧できるようになっていて、ランチを食べながらなど結構読まれている。至る所に書き込みが加えられており、日本を発つ前に目を通しておくと、何かと役に立つことが多い。他の添乗員がどんな添乗をしているかは、とても興味があるし、何よりも他人のアイデアがいただけ、とても重宝する。お笑い芸人のネタ帳みたいだ。

食事が終わりホテルへ戻る。翌日はホテルを引き払って移動だ。おくこととバゲージダウン（荷物を下ろす）の時間、そして出発時間をご案内すると、お客様は各々の部屋へ戻った。私も早く部屋へ入って、持ってきたおやつを食べながら、レポートを仕上げてしまおう。

## スペイン版超特急ＡＶＥ

翌朝は目覚ましより早く目が覚めた。結局レポートは、書き出しのところで頓挫している。やはり、書きたいところと、書かねばならないところを取捨選択するのに時間がかかってしまう。要するに、昨夜はおやつを食べて早寝をしただけだった。だから今朝は早く起きた。

シャワーを浴び、軽く化粧を整えると荷物の最終チェックをする。二泊だけだったので、それほど出し入れはしていないが、いつも手元に置いておかなければならないものがスーツケースの中に紛れ込んでいないか注意する。

二度見直し、怠りなければスーツケースの鍵を締め、真っ赤な胴体に黄色のベルトを締める。部屋の前の廊下に出しておけば、ポーターが下へ降ろしてくれる。バスルームやサイドテーブルの周りをもう一度チェックしたら、キーを持って朝食のレストランへ向かう。早いお客様なら、もうレストランにいるだろう。モーニングコールは先ほど、オーダーした時間どおりに鳴った。なかなか優秀である。

スペイン版超特急ＡＶＥのプレフェレンテクラス（ビジネスクラス）では、食事がサービスされる。小さ目のプレートに載ったコールドミールだが、さっきホテルでたらふく朝食を摂ったばかりなので、十時のおやつにしては、本格的すぎる。

また、プレフェレンテクラスでは、飛行機のビジネスクラスのように、出発前にマドリッドのアトーチャ駅で専用ラウンジを使うことができる。そこでも飲み物やお菓子、サンドイッチ類が食べ放題なのである。するとここでも、どうしても食べてしまうのだ。私もここでお菓子を食べながら、高見さんと最後のお茶を無料でした。彼女とは、列車に乗るところでお別れである。今日の午前中のコルドバまでの移動行程は、起きてから食べ通しである。

ＡＶＥは南へ向かって快調に走る。高架がほとんどの日本の新幹線と違い地上の線路を走るので、景色も十分に楽しむことができる。トンネルもない。

スペイン国鉄自慢のこの特急は、スピードとスタイルと快適性に加えて、定時性も売り物の一つだ。到着時間が五分以上遅れると料金は全額払い戻しだという。わが国の新幹線は、二時間以上遅れないと払い戻してくれない。東京から二時間乗れば仙台へ着く。

時計を見ると、コルドバ到着の時間がすでに迫っている。本当に定刻に到着するなら、悠長に車内食を食べている場合ではない。お客様に案内しておかないと降りはぐれてしまう。せっかく出されたものを残していくのももったいないので、すでにいっぱいのお腹へサラダとパンを詰め込んで、急いで客席を回る。私と同様多くのお客様も、まだゆっくりと列車の旅を楽しんでいた。食事もほとんどが残っている。できるだけ慌てさせないよう、小さな声で言って回る。

「お客様、忙しくて申し訳ございません。時間どおりですと、あと十分以内で到着でございま

す。お忘れ物のないようご準備願います」

スペイン語と英語の車内放送が入った。どうやら時刻どおりの到着らしい。案の定、お客様

は慌てた。まだ、食べるものがたくさん残っているご夫婦もいる。

内心「悪いな」と思いながらも、忘れ物だけはしないよう注意を促しながら、席を回った。

しかし国見だけは違った。私が行ったときは、すでに降りる準備が整っていた。車内食もき

れいに平らげ、カバンを膝の上に置き首からカメラを提げている。

——やられた。

心の中で私は動揺しながらも、気付かないふりをして傍らを通り過ぎようとした。

「いよいよアンダルシアですね」

「えっ、……ええ、お天気になってよかったですね」

案内のタイミングが遅れ、自分でも焦っているところを見抜かれたように、向こうから声を

かけてきた。私は完全に自分を見失い、とっさに何の関係もない返事をしてしまった。私が天

気の話題を持ち出すときは、たいていは気の利いた話題を思いつかないときである。添乗員デ

ビュー当時に付いた癖だ。

もし国見が本物のAチームだとしたら、今の部分は大きな減点要素である。私自身、到着時間を忘れていた。というよりも、所要時間を把握していなかった。本来なら発車と同時に案内して、車内での時間配分などもアドバイスしなくてはならないところである。これはもう、誰のせいにもできない。

国見は不敵な笑いを浮かべている。いや、単に旅行が楽しくてニコニコしているだけかもしれない。でも私には、ニヤついているようにしか見えない。正体を暴こうとしている側が、要所々々で追い詰められている。もう私は国見という男を普通の客として見ることができなくなっていた。

列車は急激にスピードを落とし、ガタン、ガタンと音を立てながら分岐をいくつも渡った。もう駅構内へ進入している。

「さあ、皆様。お手荷物をご準備ください。ここで降りまーす」

自分も添乗カバンを肩に引っ掛け、席の忘れ物をチェックしながらお客様をデッキへと誘導する。時間がないので食べかけの車内食プレートはそのままだ。

お客様を降ろしたら、後方の荷物車まで全速で走っていき、大きな荷物を降ろさなくてはいけない。コルドバで降ろすと伝えてあるのでドア付近に置いてあるだろうが、停車時間が短いのでものすごく忙しい。会社のマークが入った大きな紙タグだけが目印だ。もどかしい気持ちでホームに降り立つ。

「皆さん、私はこれから荷物を降ろしてきますから、ここを動かず少しこのままでお待ちください」

ホームでひと声叫ぶと荷物車へ猛ダッシュ。早くしないと皆のスーツケースを乗せたまま発車してしまう。

と、そのときホームの向こうで手を振る小太りのおばさんがいた。

「だいじょうぶよぉ。オッケー、オッケー」

向こうも叫んでいる。その後ろではスーツケースの一群が、台車に積まれている最中だ。色とりどりのスーツケースの中には、真紅の胴体に真っ黄色のベルトを巻いた私のものも含まれている。

――ポーターはいないはずなのに……。

思いながら近付いてゆくと、小太りのおばさんが誰だかわかった。

「サキコさんっ!! えーっ、サキコさんだったの!?」

「コズエさーん、久しぶり。お待ちしてましたわよ。お荷物十五個でよかったかしら、よければバスまで運んじゃいますけれど」

「ありがとうございます。でもポーターっていましたっけ？　コルドバ」

「あたしが連れてきたのよ。ガラガラ転がして歩くより、よっぽどいいでしょう」

「ほんと、ありがとうございます。サキコさんにはいつも助けられっぱなしだわ」

「ささっ、行きましょ。バスは上のほうへ着けるから」

　スペインでは観光するエリアによってガイドの拠点が変わってくる。通しのガイドを付けることもあるが、たいていはマドリッド、バルセロナ、セビリアの三都市を中心に周辺のエリアをカバーしている。

　セビリアのポーションは、スペイン南部のアンダルシア地方からコスタ・デル・ソルのリゾートまでがおおよその担当範囲である。

　セビリア在住のベテランガイド、サキコさんとは母娘のような間柄だ。事前に調べておかなかったのでとても驚いたけれど、すごくうれしい。ガイドと気が合うか合わないかでは、仕事のノリがぜんぜん違ってくるのだ。スペインのガイドに関しては、マドリッドもセビリアも、今回は最高の組み合わせだ。

　ホームで待たせていたお客様と合流し、サキコさんを紹介する。

「皆様お待たせしました。荷物も無事降りまして、今バスに積んできます。こちらは、今日からセビリアを発つまでガイドをしてくださいますイケダサキコさんです。とても楽しい方ですので皆様のご旅行も、もっと楽しくなるだろうと思います」

「おほほほ……皆様はじめまして。あたくしガイドのイケダと申します。こちらに来てからはや二十四年経ってしまいました。皆様のお国日本から比べますと、スペインはまだまだ遅れているところがあるかもしれませんが、いいところもたくさんございます。歴史的にも見るところは多く、おいしいものをいっぱい食べて、フラメンコを踊って、短い間ですけど十分にアンダルシアをご覧になってください。ではバスにまいりましょう」

マドリッドの高見さんは、おっとり嚙み砕くように話すが、サキコさんはしゃべり出したら止まらない。〝機関銃のように〟とはこのことだ。だが、テンポのよいリズムがあって聞いていても疲れない。こちらまで乗せられてしまう。ちょうど上手な漫才を聞いている感じだ。

駅正面へ出ると、とてもまぶしい陽が降り注いでいた。列車の中ではわからなかったが、とても暑い。

大型の白いバスが坂を登ってやって来て、私たちの前で停まった。

「Buenas《ブエナス》 tardes《タルデス》」

開いたドア越しにドライバーへ挨拶をする。口髭をたくわえた小太りの典型的なヨーロッパのおじさんだ。後ろからサキコさんがスペイン語で二言三言葉をかける。

「荷物は全部で十五積んだ。俺が保証するって言ってるけど、確かめる?」

「スペインの男性って信用できるんですか？」

「時と相手によるけど。コズエさんなら大丈夫ね。とっても可愛いもの。意地悪しようと思わないわ。私の若い頃みたい」

「またまた。じゃ信用して行っちゃいましょうか。では皆さーん。ご乗車の準備をお願いしまーす」

本当は、これはいけないことである。確認は必ず自分の目でしなければならない。特にこのまま移動となると、到着地で一個紛失に気付いても、もうどうにもできないからだ。もし私がAチームに査定されているなら、明らかに大きく減点される行為だ。

ある意味、これも一つのトラップとなりうる。ここで国見が何か荷物のことを言ってきたらAチームにほぼ間違いない。いよいよ私は確証を得ることになる。

思いがけず都合のいい展開になったと思いつつ、荷物の確認はせずにお客様をバスに乗せる。

「では皆さーん。順にご乗車くださーい。いつもどおり前の席は一つだけ空けといてくださいね」

私は通常どおりステップのところで、順に乗り込むお客様の案内をする。国見は――と捜すと、駅の写真を撮っている。どうやら最後に乗車する腹づもりらしい。

――やっぱり。乗るときにゼッタイ何か言おうとしてるんだ。

荷物未確認のことを指摘されたらシャレにならない。写真を撮り終えた国見が次第に近付いてくる。

照りつける太陽、バスの排気ガス、タイヤのゴム臭さ、汗がじわりと出て気分が悪くなってきた。

「ミクニさん、えっと……」

国見は、とてもわざとらしく話しかけてきたように私には思えた。

「次、どこへ行くんでしたっけ？」

虚を突かれた問いに私は言葉を失った。こんな質問の答えはまったく用意していなかった。

しばらく沈黙が続いた。

低くリズムを刻むバスのエンジンの音だけが続く。何か答えなくては……。

「あ、失礼しました。メスキータです。メスキータの見学をします」

どのくらい黙っていたのだろう。ほんの二、三秒だったと思う。

「そうでした。そうでした」

国見はニコニコしながらバスへ乗り込む。してやったりという表情か。

明らかに私は彼に撹乱されている。まだAチームだという確証もないのに私は普通に接することができない。限りなくクロに近い灰色という見込みだけが先行して、自分の発想や行動までもが規制されてきている。とてもよくない兆候だ。

落ち込みながら、バスに乗る。

## 「コズエさん結婚は？」

メスキータへ入ると、まずオレンジの中庭で手短な説明がある。サキコさんのガイドパターンはよく知っているが、今日は私の調子が出ない。出だしで変なことに気を取られてしまったからだろうか。

今日の天気をとても蒸し暑く感じ、まだお昼前なのに疲れている。お客様をうかがってても暑そうな様子はない。どうやら調子が狂っているのは私だけのようだ。早目にペースを取り戻さなければ。先はまだ長い。

大聖堂へ入ると、気分はいくぶんよくなった。中はひんやりとして涼しい。

石造りの建物はこの点が素敵だと思う。分厚い石で直射日光を遮り、日陰の涼しさを保っている。長くいてもエアコンの冷気のように、頭や首の付け根が痛くなったりしない。

ツアーのパンフレットには必ず登場している縞模様のアーチのところで、支えている柱の説明を受ける。世界遺産だけあって、お客様はとても熱心にサキコさんの説明を聞いているようだ。

モスクを流用して教会に造り替えたこのメスキータは、お寺を建て替えて神社にしたようなものか。

お二人揃ったご夫婦の写真を撮ってあげる。大聖堂の中もフラッシュ撮影ＯＫだ。

私は次の行程を考えながら、サキコさんについて歩いていた。昼食を摂ったらバスでセビリアまでのロングトランスファー。二時間はかかる。ホテルへチェックインしたら食事をして、今夜はタブラオだ。

セビリアはフラメンコの本場。それを見せるタブラオは、通常は夜十時と十二時の二回公演がある。遅いほうがそのタブラオの看板の踊り手が出演するといわれているが、遅すぎてツアーには組み込むことができない。なので十時からの予約が入れてあるが、この回は各国からのツアー客が集中する。できるだけ早く行って、前のほうの席を取りたいのはやまやまだが、開場前に外でお客様を待たせることは避けたい。時間ちょうどに行けば座れなくなる恐れもある。

このタイミングは非常に難しいところだ。木でできた古い長テーブルにイスを置いただけの由緒あるタブラオは、席の予約まではできない。サキコさんとよく打ち合わせをして、夕食を切り上げる時間を吟味しよう。タブラオでいい席さえ取ることができれば、今日の仕事は終わったも同然だ。

メスキータの外へ出ると、相変わらず強い陽射しだった。日本の夏のような陽射しで、今が十一月であることを忘れさせる。

外へ出てから皆、名残り惜しそうに盛んに写真を撮っている。私も代わる代わる撮ってあげたり、一緒に写ったり、ちょっとした忙しさだった。この光線ならば、きっときれいな写真が撮れているだろう。

昼食はタパスだ。スペインならどこでも見かけるバールで、いつでも食べられるものばかりである。バールでは、ワインなどのつまみに少しずつ買って食べるが、今日のはツアーの食事用にアレンジされていて、バールで食べるのと同じように、たくさんの種類が少しずつ、大きな皿に盛られて出る。

日本を発って以来、ずっと洋食続きだった私たちにとって、タパスの中には舌になじんだ懐かしい味もある。

カラマレス・ア・ラ・ロマーナというのは、イカリングフライのことである。日本でもお弁当の定番のおかずなので安心したおいしさだ。イカの鉄板焼きもある。ポテトやアスパラのサラダは、わが国の居酒屋なら必ずあるものの一つだ。

一つよくわからない歯応えのから揚げがあった。軟骨のようなコリコリした感じだが、肉でもある。なんだかわからなくて、サキコさんに通訳してもらう。

「オレハス・ア・ラ・プランチャ」と店の人。豚の耳だそうで珍味とのこと。このとき私は、沖縄や中国以外でも豚の耳を食べるところがあることを初めて知った。

席を案内したり飲み物の注文を取ったり、レストランと打ち合わせなどもするので、私たち添乗員が食事の席に着くのは、いつも最後だ。コースの食事だと、すでに最初の皿が終わっていることも多い。

今回のツアーのようにご夫婦やカップルのお客様が多い場合、それぞれはだいたいまとまって着席するので、それ以外の友達同士や一人参加のお客様が、結果的に一つのグループを構成してしまう。そして最後に私が座るのは、たいていは一人参加のお客様の隣にぽっかりと空いている席だ。

今回のツアーでは国見の隣がその〈場所〉となる。毎回毎回、監視される張本人の隣でご飯を食べなければならないと思い、そこに座る前から私は辟易していた。

会話のネタも探さなくてはいけないし、食材やレシピに関して間違ったことを言ってしまったらどうしよう。

食事の時間が近付いてくる都度ストレスを溜めながら今日まで来たが、今のところ不思議と国見の隣には座らなくて済んでいる。イスの数のせいだったり、大テーブルのおかげだったり。ホッとする反面、運はこんなところで使いたくないと思う。ハズレくじなら早く引いてしまいたい。添乗中は何が起こるかわからないのだから、運でもなんでも、パワーは温存しておくに越したことはないのである。

ガイドと添乗員の食事を別のテーブルに用意させることもできるが、ウチの会社ではこれを禁止している。一緒に旅行をする意味がないからだ。特段の調整がない限り、添乗員も一緒に旅行を楽しんでいるのだから。

セビリアまでのドライブは、お昼寝の条件にぴったりはまった。口に合うタパスの昼食で、男性客はビールも進んだようである。ほろ酔い加減で乗り込んだバスの適度な振動と流れる車窓は、どんな子守り歌よりも強力だ。

私も、最初の一時間くらいはサキコさんと話をしていたが、残りの一時間はうとうとしてしまったらしい。せっかくゆっくり景色を見るチャンスだったのに、残念なことをした。

サキコさんへは少し日持ちのする仙台のお菓子「伊達絵巻」を持ってきた。ひとくちサイズにロールしたカステラの芯の部分に、餡とクリームとが詰められたもののセットである。

サキコさんはとても喜んでくれた。純和菓子には久しぶりにお目にかかるという。とはいっても、カステラなぞはもともとこちらのお菓子であったはずだが。

今晩、家に持って帰って子供たちと食べるというサキコさんは、セビリア在住だ。コルドバ

「コズエさん結婚は？」

で私たちを出迎えてくれたのは、いわば出張である。このコルドバ迎えセビリア送りは最も典型的な観光コースなので、サキコさんたちは一週間にコルドバ—セビリア間を何度も往復するそうだ。

子供の話が出たところで〝来るな〟とは思ったが、しばらくして案の定、

「コズエさん結婚は？」

と来た。私ぐらいの年齢なら、この手の質問は日常会話である。

「いえ、まだなんです」

できるだけ会話が続かないように、短く要点だけを返す。

「いるんでしょ？　決めている男性が。早くしないと婚期逃すわよ」

セクハラの意識に関しては、欧米のほうがはるかに進んでいると思っていたが、こうなってくると、サキコさんはただの日本のオバサンである。仕事中には考えないことにしていた彼のことが、チラッと頭をかすめた。

「グズグズしている人ならやめなさい。一つでも合わないところがあってもダメ。いつでもあなたがそれに合わせられるという自信があるならいいけど」

訊いてもいないのに結婚指南が始まった。適当に逸らさないと延々と続く恐れがある。ピンチだ。

「コズエさん結婚は？」


「そうですね、私はもう適齢期は過ぎました。お付き合いしている人はいるんですが、この年齢になると慎重になっちゃいますね。サキコさんのときのように、素敵な外国人男性が現れたら考えますけど」

「そうねえ、私も突然だったのよ。いつか話したわよね、私たちのこと。やっぱり親が反対してね。ねぇ親御さんはどう思っているの？」

「んー、父は結婚のことは何も言いません。全く、一言も言いません。母はこのままじゃお嫁に行けませんってよく言いますね。普段の私の生活は、母から見るとだらしないのでしょう。食事も洗濯も、やってもらってますから」

「私もそうだったのよ。ずっと自宅通勤で。ＯＬ時代は遊びにも行かなかった」

「えっ、サキコさんＯＬ時代あったんですか？」

「あら、言わなかった？　三年ちょっと商社の総務していたのよ」

「それで満たされなくて海外留学ってコースですか？　今それ、日本ではプチ留学っていうんですよ。サキコさんはその先駆けですね」

「あらそうなの？　去年のお正月に帰ったばかりなのに、日本のことはよくわからないわね」

「そりゃそうですよ一週間や二週間いたって。それにお正月は日本でも特殊な期間ですからね。テレビなんかも普段とは違いますから。ご両親はお元気でしたか？」

「ええ、だいぶ歳を取ったわ。あたしがこの歳だから当たり前だけど。若い頃に言うことも聞かず飛び出しちゃったから、正面から顔を見れないのよね……」

「そんなことないですよ。ちゃんと会いに行ってるじゃないですか。こんなフラフラしてる私のほうがよっぽど親不孝……」

微妙に話の筋をずらしながら、なんとか結婚の話題から逸らしてゆく。あまり露骨にやるとバレバレなので、このサジ加減がものすごく難しい。

仕事か主婦か。

この仕事をしている限り、二足のわらじを履くことはできない。だがこの仕事も長いこと続けることはできないだろう。やってもあと十年……。おばあちゃんの添乗員なんて見たことがない。そのときに悔いを残したくない。ただしその頃は、もう子供を作るのには難しい年齢だ。今の彼がそこまで待ってくれるとは思えない。

そういえば来る飛行機の中で決めたんだ。この問題も帰国までにはケリをつけようと……。

セビリアの街中へ入って先に目を覚ましたのは私のほうだった。サキコさんはまだうとうとしている。車内の通路に沿って客席を振り返る。大部分のお客様はまだ眠っているようだ。

Aチーム国見も眠っている。首にカメラを掛けバスのシートで気持ちよさそうに眠っている姿は、他のお客様と変わりない。やっぱり私の思い過ごしなのだろうか。仮にAチームだとして、その正体を暴くことで何になるだろう。私にとってはなんのポイントにもならない。会社に睨まれるだけじゃないのか。いったい私はどうしたいのだろう。どうなれば満足なのか。仕事と結婚のストレスが、ちょうどよく現れた国見という男性に向けられているだけではないだろうか。

頭の中が混乱し始めた頃、サキコさんが目を覚ました。

「あらあらあら、もうこんなところ。コズエさん起きてる？　あらやだ、あたし眠っちゃったわ」

「大丈夫ですよサキコさん。もう少ししたら起こそうと思ってました。お客様もまだおやすみのようだし。あと二、三十分はかかりますよね」

「そうね。でもそろそろ起こさなくちゃ」

サキコさんはマイクを取った。

## Aチームへの過剰な反応

ラ・ドラードホテルはセビリアでも由緒ある大きなホテルだ。ロビーも広くチェックイン作業もやりやすい。お客様をソファーに案内し、鍵の準備をする。そうしているうちにポーターがバスから降ろした荷物をカートに載せて運んできた。

部屋が決まり、リストのコピーをポーターに渡すとすぐに、私は荷物の個数を数えた。ドライバーを信頼してコルドバを未確認のまま出発してきたが、万に一つでも足りなかったどうしようと、内心ヒヤヒヤだったのだ。

彼の誠実な人柄のおかげで、スーツケースは十五個ちゃんとあって、心配は杞憂に終わった。こんなにドキドキするなら、出発するとき面倒くさがらず、しっかり個数を確認すればよかった。

鍵を配り終え、添乗員の部屋や夜の予定を手短に案内してから解散とする。サキコさんは一旦家へ帰った。子供を迎えに行って、夕食の支度を済ませたあと、また来るという。すごい主婦だ。

夕食の出発まで二時間ばかり時間が取れた。私も部屋で少し休むことができる。ようやく独りになって、ほんのつかの間ゆっくりできる。部屋の各設備が順調に稼動して、どの部屋からの電話もなければの話だが。

夜十時のタブラオ開演に合わせて夕食を摂るので、ホテルを出るのは八時くらいでいいだろう。外はすでに陽が落ちたが、まだ明るい。早目の街灯がぽつりぽつりオレンジの明かりを点け始めた。私はこの夕方とも夜ともつかない時間帯が大好きだ。もう夕方だなぁと気付いてから暗くなるまでのほんの数十分間、忙しい毎日の中では気に留める余裕はないが、ほんの偶然、今日のようにたまたまこの時間帯に時間が空くと、必ず思い出す寂しく悲しい風景がある。

「列車でゆく中国ツアー」蘭新線を行く寝台列車の添乗中、甘粛省のもう少しで嘉峪関駅へ着こうとした頃だった。時間調整のためか私たちの列車は、とんでもない駅にしばらく停車した。屋根もない盛った土にレンガを積んだだけのホーム。駅屋もなく隣接してレンガで囲まれた家らしきものが四、五軒あるだけ。あとは見渡す限り、地平線までずっととうもろこし畑。こんなに広い畑をいったい誰がどんなふうに手入れをしているのか。私の背よりはるかに高いとうもろこしが、わっさわっさと育っている。

列車は三十分経っても動かなかった。もとより中国の鉄道だ。時刻どおりに走るなんてことはめったにない。それでもいいが、私はお客様が騒ぎ出す前に動き出してくれればいいと思っていた。

同乗の中国人ガイドと乗務員に様子を訊いて、自分の部屋のある車両へ戻る途中だった。外に広がる広大なとうもろこし畑に圧倒され、私はデッキの窓からその風景に見入っていた。ちょうど正面にトラクターが一台通れるくらいの未舗装の道が真っ直ぐ、見えなくなるまで続いている。空は夜が近付き、青紫色になってきている。

そこへ子供が二人やってきた。ほんとに小さな子供だ。学校に上がる前だろう。粗末なものを着て、二人ともいが栗頭でどうやら兄弟らしい。しばらくは私たちの列車を眺めていた。私もしばらく彼らを眺めていた。ゲームボーイも茶髪も無縁な、ほんとに子供らしい子供だった。自分の子供時代はこんな子供がまだたくさんいた。

目が合ったとき、小さく手を振ってみた。二人は顔を見合わせて、ニヤニヤしていたが手を振って返してはくれなかった。

やがて二人はふざけ合いながら、畑の間の真っすぐな道を帰り始めた。どんどん列車から遠去かってゆく。こちらはまだ動く気配はない。私がまだいるかどうか確かめるように、彼らは一度振り返ってからどんどん進んでいった。辺りはもう暗くなり、空にはいくつかの星がまたたき始めた。

見える範囲に家はない。街灯の明り一つなく、外の景色はだんだん見えにくくなってきた。車内が明るすぎるので、窓に顔を近付け目の周りを手で覆う。もうほとんど点に近いが、二人はまだ歩いている。彼らはいったいどこまで行くのだろう。ざっと目測でも一キロはゆうにある。家に着くまで、彼らはあとどのくらい歩かなければならないのか。

私はそのとき、泣きたくなるような寂しい気持ちでいっぱいになった。時間があって言葉が通じるなら、彼らと一緒に家までおしゃべりをしながら歩いていきたい。できれば歌でも唄いながら楽しく歩いていきたい。

あんな小さな子供が二人だけで、暗くなった広い畑の中の一本道を、ずっとずっと歩いて行く光景を私は一生忘れない。

寂しくとも二人は手をつないで逞しい。中国の田舎の子供たちは、私から見ればとても楽しそうであった。

窓の外は、ほぼ暗くなった。家々の窓に明りが点き、街灯も点る。

夕食の出発までにはまだ時間があった。幸いなことに、どの部屋からも電話はかかってこない。きっと皆も休んでいるのだろう。

少しベッドに横になりたかったが、ここはグッとガマンだ。眠ってしまったら、この疲労の程度と中途半端な時間では、絶対に起きることはできない。

バスの中でたっぷり昼寝もしたことだし、今夜の遅いフラメンコも、それほど苦にはならないだろう。それより帰ってきたらすぐにベッドに入れるよう、今のうちにシャワーを浴びることに決めた。化粧を直すのが面倒だけど、チャンスは今しかない。

カラスの行水を終えると、服を着て出発の準備に取りかかる。今夜のレストランは、サッカーの有名選手もよく来るというセビリアでも一番のお店だ。雰囲気を壊さぬよう、今回持って来たもののうちでは、もっとも大人っぽい格好をする。とはいっても、ただのワンピースだ。

踵の低いローファーではここまでが限界だ。

素敵なレストランや高級なホテルに泊るときは、私でも存分におしゃれしたいと思う。背中をグッと出したドレスに、七センチくらいのピンヒール。髪をアップにしてシャドーはブラウン系を入れる。

せっかく覚えた外国語でお酒や料理を注文する。一般的に添乗員は、挨拶の次に「注文」と「お勘定」の言葉を覚えるといわれる。職業上必要に迫られるからだ。私もこれに限れば六カ国語で言える。

洒落たレストランやホテルでは、仕事中いつも私はこんなことを考えているのだが、これらのことを実現できるチャンスが私には最低でも一回はある。

それは、新婚旅行だ。

堂々と仕事を休め、大好きな男性と一緒に、初めての経験をしながら新しい人生を踏み出す。私も二十代前半だったら、こうも夢見ただろうと思う。

三十を目前にした今、思うことは「全くの赤の他人と、ずっと一緒に暮らすことができるだろうか」ということである。

思い切りが足りないのかもしれない。考えすぎているのかもしれない。でも、収入さえちゃんとあれば、独り身ほど楽なことはない。これ以上の同居は親に申し訳ないと思うが、結局私が面倒を見るようになったりすれば、そっちのほうが都合がいい。

半分では夢を見ていても、半分では現実をしっかり認識している。

この年になると好き嫌いも固まってくる。好きなことにはお金も時間も使うが、嫌いなことは絶対に受け付けない。学生の頃と比べると、確実に受忍範囲は狭まっている。

私はいつからこんな人間になってしまったのだろう。明るく、爽やかで、生き生きとしたOL生活を送ろうと決めていたのに、実際は神経質な毎日が過ぎてゆくだけ。嫌なことだけが私めがけてどんどんやってきて、どうにかこうにかそれをかわすことに大幅な時間を割いている。時間さえあればもっといろいろできるのに、と思いながらこの歳になってしまった。

カーテンを少し開けて外を見ると、空はもう真っ暗になっていた。街全体が街灯のオレンジ色に包まれる。

ヨーロッパの街では、街灯や家の明りも黄色やオレンジが多いように思える。蛍光灯や水銀灯など、日本の白色光の夜に慣れている私たちにとって、明りに色が付いているのは、何か特別な場所へ来ているような気分になる。日本の明りは夜でも、できるだけ昼と同じ状態にしようとした明りだ。ヨーロッパのそれは、明り自体に存在感を持たせている。私たちにはやや薄暗く感じる黄色っぽい暖かみのある明りは、夜であることをはっきりと感じさせる。昼の延長に夜があるのではなく、夜は夜として別のものなのだ。

レストランへ向かうバスの中では、ヴァウチャーに記載されているメニューをお客様に案内する。ただメニューを読み上げるのではなく、どんな料理なのかまで説明するのが一流の添乗員なはずなのだが、料理の世界は奥が深い。全く意味不明のメニューが記載されていることもしばしばだ。基本的にヴァウチャーには英語で記載されているが、料理固有の単語は各国語で表現されていることが多い。

〈sushi〉や〈sukiyaki〉ならすぐわかるが、フランス語が突然混ざっていたりすると、にわかには判読できない。綴りからそうと読めないのだ。日本では別に表現されている場合もある。日本の外来語は怪しいものも多い。

だが私には秘密兵器がある。手のひらサイズの「各国料理辞典」である。フランス料理を中心に、伊、西、独、英、露の各国の料理をそれぞれの言語で引くことができる。

これには幾度となく助けられた。各国の名物料理として名前だけ聞いたことがある料理でも、具体的に説明できない料理はいくつもある。なんと読んでいいかわからない単語や、野菜やキノコの名前など、かなりポピュラーな素材でも日本に入ってきていないと、専門家でもない限りわからない。

この辞典は私が初めてヨーロッパに添乗へ出る際、森岡から贈られたものだ。きっと森岡も同じような場面で苦労したのだろう。まさに添乗員のためにだけ出版されたようなこのコンパクトな辞典、いったいどこの本屋から見つけてきたのだろうか。

最初に貰ったときは趣味の範囲でしか使わないであろうと思った。あいにく私は料理を趣味としていない。しかし添乗の回数を重ねるにつれ、この辞典の重要性がわかってきた。細かいマナーまで解説してあるこの辞典、添乗中の食事に関しては、だいたいの用が足りる。同じフィールドで仕事をする者同士、この辞典を贈り物にするのは、正に的を射ている。気持ちが通じるとは、このことなのだろうと、ずっとあとになってから気付いた。

今夜の食事にこの地方の名物『アングラース』はアレンジされていなかった。手配の段階で漏れたのだろうか。たいていは付けるのだが……。

テーブルに一つずつ、ワーキングファンドの中から付けることにする。この程度の支出なら添乗員の裁量でできる。せっかくの名物料理だもの、話のネタにいいだろう。

グァダルキヴィル川のほとり、雰囲気のとてもいいレストランは、入口のところに店のオーナーとサッカー選手の写真が掲げてある。名前はよくわからないがスポーツニュースではよく見る顔だ。

各テーブルから飲み物の注文取ったあと、一つ空いた自分の席に収まる前にもう一度各テーブルを回る。

「皆様、先ほどご案内いたしましたメニューの他に、もう一つメインのお皿と一緒に、テーブルに一つずつ『アングーラス』という土鍋に入った料理を頼みました。これはこの地方の名物でウナギの幼魚の料理です。ニンニクとオリーブオイルで濃い味付けになっています。見た目はちょっとグロテスクですが、どうぞ味見してみてください」

テーブルにセットされていたナイフとフォークの他に、アングーラス用の木製フォークが配られた。金属のフォークだと滑ってうまく食べられないのだ。カップアイスのへらを大振りにしたようなこの木製フォークは、柄の部分に店の名前が焼印してある。これを見ただけでどんな料理か楽しみだ。

空いた席に座る。隣は国見だった。お客様なのか会社の査定官なのか今もって不明だが、ここで一歩踏み込まなければ帰国までずっとこのまま行ってしまう。ツアーがうまくいっても、きっと私には後悔が残る。添乗業務の鉄則――ツアー中のクレームを日本に持ち帰らない。このことと同様、私も気持ちのわだかまりをこのまま日本に持ち帰りたくない。幸い向かい側には最初の飛行機で隣り合わせた中村夫妻も座っていることだし、ひとつきわどい会話を持ちかけてみよう。

「では、私はこちらに失礼させていただきます」

空いている席へ掛ける。

「あらあら添乗員さん、どうもご苦労さま。大変ねぇ」

「どうぞ」

中村さんのご主人が赤ワインのボトルを持ち上げる。

「どうもありがとうございます。まだ仕事中なので少しだけ。アルコールが入るとすぐ眠くなっちゃうんです。このあとフラメンコを観に行かないといけませんので、今夜は寝ていられませんね」

添乗中に飲んではいけないという決まりはないが、眠くなるのは本当である。逆に時差のせいで眠れないときなどはミニバーのお酒をガブ飲みしてでも寝る。

「皆様お食事はいかがですか。お口に合いますでしょうか？」

「ええ、毎回毎回豪華な食事ばかりで。贅沢だわ」

「国見さんはいかがですか？」

「えっ、ええ。ああ肉が多いですね」

国見は前菜のサラダを食べ終えたところだった。急に話を振られて少々驚いた様子。

「今日のメインはお魚ですから、それほどもたれないと思いますよ。お飲み物はおビールでよろしいですか。いろいろありますよ」

ビールを注ぎ足そうとビンを持ち上げると、

「まだあるからいいです。私も眠くなっちゃうし、フラメンコの途中で寝てたら悪いですからね」

私はまた反応してしまった。今この人は「寝てたら悪いですからね」と言った。

フラメンコのタブラオは夜しか営業していない。それでも早い回を鑑賞するのだが、昼間強行軍で観光スポットを巡り、休む間もなくお腹いっぱいの食事を相当量のアルコールと一緒に摂る。ほどよく暗いタブラオの客席に長く座っていれば眠くならないほうが難しい。

「日本のツアー客はよく寝てる」

フラメンコの踊り手さんたちから不評が出たこともある。正面の一番いいところに陣取って、揃ってコックリするのだからステージ上から見て目立つのだろう。

果たして国見はこのことを言ったのだろうか。タブラオでの日本人の評判なんて、長くこの仕事をやっていてもなかなか耳には入らない。やはりこの人は同業者か、それに近い仕事をしているのか。

いつもの私ならここで引くが、今日は会話を突っ込むことにさっき決めたのだ。

「フラメンコはご覧になったことがありますか?」

隣と向かいと、両方のお客様のどちらへともつかない質問をする。

「あたくしたちは初めてですのよ。スペインなんて最近まで、ヨーロッパのどの辺だかよくわからなかったんですもの」

答える奥さんにご主人もニコニコしている。こちらとしては国見の答えを聞きたかったが、この件に関し彼は口をきかなかった。核心に近付くとうまくはぐらかされる。この人は会話の行方を読んでいる。

「セビリアはスペインの中でもフラメンコの本場です。私は何度か観たことがありますが近くで見るとホント迫力あります。ダン、ダンって足を踏み鳴らしたり、カスタネットでリズムを取ったり。きっと感動すると思います」

「そういえば添乗員さん、さっきのおみやげ屋さんでカスタネットを売っていました。ああいうのはやっぱりニセモノなんですか？」

「おみやげ品としてはとてもいいと思いますよ。飾りが付いていたり文字が彫ってあったりするのはホントのおみやげ用ですが、踊り手さんが使っているような本式のモノはすごく高いです。デパートなんかへ行けばそれらも買うことができます。カスタネットはこちらではパリージョというんです」

「パリージョですか？」

「そうです。パ・リー・ジョ」

奥さんはとても興味深そうだ。

「カスタネットが激しく響くと思わず目を見張ってしまいます。でも私が初めて本場でフラメンコを見たとき、踊りよりも歌い手にものすごく感動しました」

奥さんは食べる手を休めて真剣に聞いている。

「声がものすごく悲しい感じなんです。寂しいといったほうがいいのか。とにかくこう、引き込まれていって、細かい神経が震えるような、身体全体がジーンとくるような……。とても素敵な歌声なんです。伴奏は手拍子とギターだけ。手拍子も一つの楽器みたいにパン、パーンってすごい音が鳴るんです。きっとびっくりされると思います。ギターもかき鳴らすというようにジャカジャカジャカって、すごく激しいんです」

私はワインをひと口飲んで続けた。

「歌とギターだけのコンサートもあるくらいです。もともとジプシーの哀しさを歌っていたということですので、旋律も寂し気なんでしょうね。日本ではあまり機会がないですから、生で観られるのはとっても貴重です」

「歌はカンテ、ギターはトーケというんですよ。ギターの弾き方にはかき鳴らすのと、胴体を打つのもあります。歌う男性はカンタオール、女性はカンタオーラ。同じく踊り手は男性がバイラオール、女性がバイラオーラ。これはフラメンコ以外使わないです」

——きたっ、きた、きた、きた。

今まで沈黙を保っていた国見がついに口を開いた。フラメンコの専門用語を並べ立てる。よほど自分を抑制する力が強い人でないと、知っている知識はどうしても披露したくなる。とうとう抑え切れなくなったたか。

「あら国見さん、ずいぶんお詳しいですね。以前にもご覧になったことございましたか?」

間違いなく初めてでないことがわかっていて、意地悪な質問をしてみる。正体判明の端緒となるかもしれない。

「ええ、東京でもフラメンコを観せてくれるところはあります」

「ではフラメンコに興味がおありなんですね。いろいろ研究なさってるんですか?」

「いやいや、そういうわけでもないです」

予想外のツッコミだったのか、明らかに会話を切り上げようとしている。向かいの中村夫妻は、新たな情報を期待して私たちの会話の成り行きをじっと見守っている。

「私はあのカンテがとても好きですが、国見さんはタブラオでは何が楽しみですか?」

「うーん、あの洞窟のような小屋のような狭いムンムンした感じがいいですね。東京ではそうはいかない。マイクも何も使わず、すべてライヴで鑑賞できるのは大変素晴らしいです。やはり雰囲気ですかね」

東京のフラメンコはタブラオでない。やはり本場のタブラオを何度も訪れているのだ。普通の会社員にはなかなかできないことだと思う。私は、これまでにたくさんのお客様と旅行をしてきた。この人は他のお客様とは言うことが違う。単に目の付けどころが違うのか、それとも故意に私を挑発しているのか？

「タブラオとか、ライブハウスへはよく行かれるのですか？」

詮索を悟られないようワインを口へ運びながら、間合いを考えて会話を自然に進める。

「ええ、ライブは好きですよ。いろいろ行きたいんですけど、仕事が忙しくて……」

ついにチャンスが来た。この流れなら自然だ。

「どのようなお仕事をなさっているのですか。お差し支えなければ……」

「………ただの会社員ですよ。中間管理職。死因の一位《トップ》は自殺なんですよ、この肩書きは」

嫌なことを思い出させてくれたというふうな口振りで国見は答えた。その態度と、突然話が異質な方向へ飛んでしまったことに、私のほうがドギマギした。このまま会話を続けるのが何か悪いことのような、そんな雰囲気だ。

表情に出さないよう、私は慌てた。何かを話さなければ。食事も不味くなってしまう。

「お二人は、もうお仕事はリタイアされたのですか？」

「ええ去年。こっちは専業主婦だったから、ずいぶん昔にリタイアしてますけれどね」

「そうですか。それでご一緒にヨーロッパ旅行を。いいですね」

「でも、ある意味専業主婦のほうが大変だということですよ。掃除や洗濯のインターバルを考えたり、ゴミ曜日や行政の届け出、それらのものだけでも毎日から年単位まで、ひと通りスケジュールを組まなければならない。そして毎日の献立作り。もちろん家計のやり繰りも。会社に例えていうと、営業の企画や立案、経理、総務を一人でやっているようなものです。これに子育てが加わるとなると、よほど有能な人じゃないとできないですね」

国見は真面目な顔で話し続ける。今度はこちらが手を止めて話に聞き入る番だった。

「主婦の仕事をこんなにわかってくださっている男性は、この方が初めてだわ」

奥さんはいたく感激している。退職された旦那さんも納得の表情だ。

会話をうまく操って、なんとかAチームのしっぽを摑もうと画策していたこの夕食の席だったはずが、知らぬ間に会話は敵のペースに乗せられてしまっている。鮮やかといっていいのだろうか、私が未熟すぎるのか。チャンスと思った瞬間、私は腕を後ろに捩り上げられているようなものだった。

だが、考えてみれば、会話は核心の部分にだいぶ近付いている。ここで国見の奥さんや家族に触れるのは自然な話の流れだろう。そこから、一緒に旅行しない理由まで聞き出せれば、ある程度仕事のための旅行だということがわかる。うまくいけば中村さんの奥さんが、私の代わりにそこまで話を持っていってくれるかもしれない。そうくれば、単刀直入に切り出しても相手が観念する可能性がある。私はドキドキしながら続きを待った。Aチームの正体に切り込む入口が迫っている。

そのとき、レストランのボーイが熱くなった小振りの土鍋を持ってきて、テーブルの真ん中へ置いた。ニンニクのいい香りがしてくる。

中を覗き込むと、中太の紐状のものが絡み合っている。日本そばをやや明るくしたような色で、油でテラテラ光っている。一本一本は短く、よく見ると小さな目らしきものが付いている。

「なにー、これー。気持ちわるーい」

反対側のテーブルからＯＬ二人組みらしき声がしてくる。

ウナギの幼魚の料理『アングーラス』が出てきた。私がさっき、用意されたメニューの他に追加して頼んだ料理である。

それにしても最悪のタイミングで出てきた。何も今でなくていいのに。

テーブルの話題はアングーラスに集中してしまった。白魚の数倍はある幼魚である。見た目はかなりグロテスクだ。最初に口に運ぶ勇気のあるお客様は誰か。

私は、あと少しという会話を切り上げて、この料理の説明をするのに席を立たねばならなかった。アイスのへらのような専用の木製フォークを持って、テーブルを回った。

自分の席へ戻ると、周囲の話題は料理の話になっていた。中村さんの奥さんが話す番である。もう、国見の仕事や家族の話題を出せる雰囲気ではない。自分から進んで頼んだオーダーが、あのタイミングで出てくるなんて何かの暗示にしか思えない。バカなことはよせ！　Aチームのことは忘れろ!!　と。

日本を発つとき森岡に、マドリッドで岩崎にも、口を揃えてそんな無駄なことはよせと言われた。それは私にもわかっている。正体を暴いたって、何がどうなるものでもないのだ。とはいっても、とても気になる。何しろ一日中一緒にいるのだ。ご飯だって、現にこうして一緒に食べている。それに向こうは私より百倍は経験を積んでいる。可愛い後輩と好意的に取ってくれればいいが、ただの青二才と思われたくない。

——ああ、私はいったいどうしたらいいの。

声に出さずにつぶやいて、皿に取り分けたアングーラスを口へ運ぶ。これまた味が濃い。デザートが終わりかけた頃合いで夜八時四十分。時間配分的にはベストだ。バスで移動し、歩いてタブラオへ到着するのは九時を少し過ぎた頃だろう。開いたばかりの時間なので、前のほうのよい席が取れるかもしれない。お手洗いの案内をし、皆をバスへ急がせよう。

## タブラオのフラメンコとサングリア

ヨーロッパの町では、夜の景色もメリハリがある。タブラオやレストランが集中する賑やかなところは、陽気な人たちがいっぱいで、明りに映し出される建物も美しい。女性一人では無理だろうが、この時間帯も散歩をしたら楽しそうだ。

それらから外れて住宅地のエリアへ入ると、ほとんど真っ暗といえるほど暗い。明りが少ないせいもあるのだろうが、家がそれほど隣接していなく道路ぎりぎりまで迫っていないからだろう。

今私たちは賑やかなほうの夜で、人がようやくすれ違えるくらい細い路地を窮屈とも思わず歩いている。この奥に目指すタブラオがある。

厚い木でできた入口の扉は、傍らにいる店の人が開けてくれる。わざと日本語で「アリガト」と言うと、「ドイタシマシテ」と返ってくる。日本人旅行客は多いのだ。

すでに結構混んでいたが、私たちのグループが入れるような空きも、前から三列目くらいにはありそうだ。今夜はツイている。かなりよい席が取れた。周りはドイツ人のグループか、ドイツ語を話しながらビールをガバガバ飲んでいる。私のお客様も早く席に着かせて飲み物の注文を取らなくては。

実際は三列目と四列目に分かれてしまったが、夫婦単位でうまく収まったからよしとしよう。

「では皆様、こちらではワン・ドリンクが付いております。ビール、ワイン、シャンパン、ウイスキー、ソフトドリンクなんでもあります。おすすめは、サングリアというフルーツのお酒で、こちらの地方のお酒です」

飲み物をオーダーしたら、私はサキコさんと一番後ろの最も目立たないところへ席を取る。サキコさんが寝てしまうからだ。今夜は私も怪しい。Aチームのことを気にかけているだけでも疲れ方が全く違う。証拠もなしに自分が勝手に思い込んでいるだけなのだが、気の配り方が過剰気味で必要以上の力がかかっている。いつものリズムがどうも摑めていない。

――なんだか肩に力が入りすぎているなー。

こんな自分がつくづく嫌になりながら、フラメンコの開演を待つ。

狭いステージ部分がにわかに明るくなり、二人の男性が現れた。一人はギターを持っている。左右に分かれ、そこへ置かれている木製の粗末なイスに座る。

一瞬、静まり返って観客の目がステージに注がれると……、いきなり始まった。かき鳴らすようなギターの演奏と、手拍子の激しいリズム。規則正しく足を踏み鳴らし、その都度ギターの胴を叩く。振り絞るような声が部屋の中へ響き渡ると、私も含め、観客の目はステージの上に釘付けになる。このときを見計らったかのように、ステージのソデからは、スカートを右へ左へ激しく振りながら踊り手さんが現れる。床を踏み鳴らす音が〝バン・バン〟と、ものすごく響く。フラメンコの始まりは迫力が怖いくらいで、何度見ても感動だ。

最初の踊りが終わり、大きな波をかぶったあとのような余韻の中、私は後ろの席でサングリアに浮かんでいる、お酒をたっぷり含んだ果物をサクサク食べながら考える。だいぶ強いお酒なので、これだけ食べていても酔っ払ってしまいそうだ。この席の辺りにも熱気が漂ってきた。サキコさんはすでにコックリしている。

私も眠かったが、目は開けていた。意識は別なところにあるようで、迫力あるギターの音と、長く尾を引くように歌い上げる哀しい旋律が、私にある種の切なさを蘇らせた。仕事中は決して考えないと決めたこと……。

フラメンコを本場で初めて観たとき、新婚旅行にはスペインを入れようと思った。魂に直接響いてくるような迫力なら、彼もきっと感動するに違いない。

新婚旅行をヨーロッパにすることは、彼も最初から同意してくれた。けれど何度話題にしても具体的なコースや希望は、彼のほうからはなかった。皆私に任せ切り。そんな印象をいつも受けた。私の仕事を意識して遠慮をしているようにも思えた。

「ねぇ、どこへ行ってみたい？　世界遺産？」

「ん、ボクはどこでもいいよ。キミが行きたいとこを選んでくれよ」

いつもこんな具合だ。もっと注文を付けてくれればいいのに。

けれども私は口に出してそう言うことは、どうしてもできなかった。海外のいろいろなところへ行っているのをひけらかしているようで、とても厭味な女に思われるような気がした。本当の恋人同士なら、こんなことでも気楽に話すのだろうけど。私たちはお互いに遠慮がちに付き合っているというのが正確な表現だ。うわべだけの恋人。

男の人はどうかわからないが、女の子は関係が先へ進まないと、とても不安になる。歳だけは確実に取り、周囲から取り残される。公園で遊ぶヨチヨチ歩きの子供を見ていると、居ても立ってもいられなくなる。

容赦なく迫りくる現実。忙しい仕事。進まない関係。判で押したように起こる遠距離恋愛の弊害。不安と猜疑が安定を突き崩す。私たちだけは大丈夫と思っていたのに。

結婚はしなければならないものなのか。黙っていても、そこへ導かれるものなのか。

隣で気持ちよさそうに寝ているサキコさんは、どんな結婚をしたのだろう。この年代で、外国にお嫁に行くには周囲もだいぶ騒がしかっただろうに。

ガンガン押して行くべきか、黙って待っているべきか。運命に対して、切り拓くか身をゆだねるか。この旅行の終わりにまでは答えを出そう。来るときの飛行機でも、そう決めたはずだ。

歓声と共にステージは終わりを迎えた。何人かの踊り手とギターや歌い手、皆が一人一人挨拶をする。耳の奥にはパリージョの連続した響きがまだ残っている。

意識の別なところで逡巡していた私は、その頃すでに正気に戻っていた。サングリアは飲み干していたがさほど酔わなかった。意識は元の場所へ戻り、実にハッキリしている。皆を連れてホテルへ戻らなければ。もう夜中の十二時近い。

出口付近の混雑の中を、迷子が出ないよう、いつもどおり私は最後を歩いていた。サキコさんはバスの停まる通りまで先導する。

ちょうど私が出口の敷居を跨いだとき、五人くらい前を歩いていた男性が突然倒れた。私のお客様だ。

人が混んでいたので石畳にどこかを強打する事態は避けられたものの、近くへ駆け寄ると完全に地面に横たわっている。新婚カップルの旦那さんの一人だった。

「大丈夫ですか、大丈夫ですか」

まず正気に戻すことが重要だ。このまま昏睡したらシャレにならない。肩に掛けていた添乗カバンを枕代わりに頭の下へ押し込み、腕を摑んで激しく揺すった。

「大丈夫ですか。聞こえますか」

「シュンちゃん。起きて、起きてよ」

不測の事態に遭遇したなりたての奥様は、かなり控えめに旦那さんを揺すっている。比べると私のほうはとても乱暴に見える。

仕方ないか。私はまだ奥さんをしたことがないから、加減がよくわからない。

旦那さんはすぐに目を覚ました。ひと安心する。額にじっとりと油汗が滲んでいる。

「大丈夫ですか。少しお休みになりますか？」

事態が呑み込めてきたのか、目だけがキョロキョロ動く。起き上がろうとするがまだ身体が思うように動かないらしい。ここで手を貸すのは奥様の役目。私は心配そうに囲む他のお客様を連れてバスへ急がなければならない。

「ああ、すいません。お酒飲みすぎたようで。急に目の前が真っ暗になった……」

旦那さんの意識は平常に戻ったようだが立てない。下半身に力が入らないようだ。腰が抜けたというやつである。奥様が恥ずかしそうにしているので、できるだけ早くこの場を去ったほうがよい。

「あらあらご主人。こんなになるまで何飲んだんですか？」

「あのフルーツの入ってるお酒です。この人そんなに弱いわけじゃないんですけど。ほんとに、もうっ」

「サングリアはとても強いお酒です。さっぱりしていますからジュースみたいですけど。私が先にご注意さしあげればよかったですね。すみません」

「大丈夫です、歩けます。すみません」

暖かいところでずっと座ったまま強いお酒をクイクイやって、急に立ち上がって歩き始めたら誰でもこうなる。一時的な貧血だ。意識がハッキリすれば問題ないと思うが、問題はお酒がどこまで回っているかだ。脳の指令は、少なくとも腰より下には届いていないようだ。

ここで横になって回復を待つわけにはいかない。すでに深夜だし、バスもそこで待っている。他のお客様を付き合わせるわけにもいかない。

「奥様、支えてもらえます？　とりあえずバスまで頑張ってもらいましょう」

「ほらシュンちゃん、立って。皆さんにご迷惑よ」

「ああ、すいません。立とうと思ってるんだけど、どうも力が入らなくって。よいしょっと」

なんとか壁伝いに立ち上がり、右から奥さんに支えられて歩き出した。足が前後左右勝手な方向へ動いている。

「皆様、お待たせしました。ではバスへまいりましょう。お揃いですか？　他にご気分の悪い方はおられませんか？」

一応周囲に気を配ってから、皆をバスへ急がせる。

心配したサキコさんが戻ってきた。

「遅れてごめんなさい。途中でご気分が悪くなられたお客様がおられて。でももう大丈夫です」

「あらそうだったの。ごめんなさい、気が付かなくて。バスには十人お揃いよ」

「ありがとうございます。ではこれで全員ですね」

正直いってこのとき私は胸をなで下ろしていた。この路地からバスの通りまで道がわからなかったのである。確か、来るときは二回角を曲がったはずだったけれど、同じところへバスが戻ってくるとは限らない。打ち合わせを怠り、サキコさんについていけばいいと軽く考えていたところへ、不意に置いてきぼりを食った。どんな場面でも、気を抜くとそれ相応のしっぺ返しが待っている。

路地を抜け広場に出ると、一方を壁伝いに歩いていた旦那さんを、奥様一人では支えきれなくなった。

一緒に転倒しそうな足取りだ。

バスで皆が待っているという焦りから、私はとっさに旦那さんの左腕を肩に掛けた。

「すいませーん。大丈夫です、ホントに」

「スミマセン、歩けます、歩けます」

奥さんはあまりいい気分はしないだろう。両脇を女性に抱えられた旦那さんも恥ずかしいに違いない。ここだけ見れば、学生が合コンではじけたあとのようだ。

抱えながらヨロヨロ歩いている間、私は明日の朝のことを考えていた。この二人は朝、大丈夫だろうか。明日はホテルをチェックアウトし、グラナダまでの移動である。あまり荷物をほどいていなければいいが。

バスへたどり着いたとき、大方のお客様は心配そうにしていたが、一番後ろの席の中央に腕を組んで座った国見だけは、こちらをじっと凝視していた。刺すような視線がここまで届く。

通路を中ほどまで進んで人数を数えながら、ドライバーへＯＫの合図を送る。バスは動き出すが私は席に着くことなくマイクを取った。ちらっと見上げた天井に付いているデジタル時計は0:43と緑色に光っている。

「皆様、お待ちどおさまでした。これからホテルへ向かいます。今夜は遅いのでゆっくりお休みください。明日の朝はすべてのお荷物をお持ちいただいて出発となりますので、ご準備をお願いします。明日の出発までのお時間をご案内します。モーニングコールは……」

ひととおりの時間を説明したあと、いくつかの質問に答えた。正面にいる国見がなんともやりにくい。なんで今日に限ってあそこに座っているのだろう。

前を向いて座ったとき、バスはホテルの入口まで来ていた。今夜のことを私はどう評定されるのだろう。五段階評価なら2？　それとも1？　森岡や支店の皆の顔が目に浮かぶ。お客様のオーバードリンクまで、添乗員の旅程管理業務に入るのだろうか。確か〈団員の健康状態のチェック〉という項目はあったと思うけど。

マイクは離さず握ったまま、バスがホテル前に停車する。

「では皆様、到着です。くれぐれも落とし物お忘れ物ないよう。今夜はゆっくりお休みください。明日の朝は時間に遅れないよう、よろしくお願いします」

バスのドアがゆっくり外側にスライドすると、最初に私が降りてレセプションまで小走りで行く。

深夜で、お酒も入って、誰もが一刻も早くベッドで横になりたい時間だ。ホテルが近くで幸いだった。三十分もかかる郊外だったら、大部分のお客様がもっとも気持ちのよい寝入りばなを、降車のために叩き起こされることになっただろう。

鍵の受け渡しも、できるだけ手際よくやらなければならない。チェックインのとき以来、何度もお世話になっているレセプションとはもはや顔なじみである。

「Buenas noches《ブエナス ノーチェス》」軽く挨拶を交わすと、ルーミングリストを示して私のお客様の鍵を出してもらった。私が渡せば日本語で済むし、カタカナ英語をレセプションが聞き取れなくてイライラすることもない。

お客様の心の内を予測した、私たち添乗員の先を読んだ行動は、旅の印象を大きく左右する。そのときは「ありがと」のひと言で終わったとしても、他で同じような場面に出くわしたとき、きっと皆さんは私を思い出してくれる。旅行は同じものを同時に比較することができない。お客様がいろいろなツアーに参加して、私のことを思い出してくれる回数が多ければ、また私のツアーに参加してくれるだろう。懐かしい友人に会うように、また別の場所を旅する。

サキコさんに別れを告げ部屋に入ったときは午前二時近かった。彼女の子供たちはもうぐっすり眠っているはずだ。私の部屋に今夜は電話はかかってこないだろう。

私はやや満足した気分で、ひんやりと気持ちのいいベッドへうつ伏せになった。明日もモーニングコールの前に起きなければならない。

## バースデープレゼント

昨夜が遅かったにもかかわらず、今朝はバスを五分も早く出すことができた。ホントに優秀なお客様である。サキコさんはいつもどおり出発の三十分きっかり前にロビーへ来てくれた。打ち合わせなしでもこれは彼女とのお約束だ。

それまでに私は、人数を確認し、朝食の済んだお客様をチェックアウトに案内し、各部屋から降ろされてきた荷物の個数を数え、一個増えていた包みの持ち主を探し、専用の名札を付けた。何か大きなおみやげを買ったらしい。だから私は朝食を摂る暇がなかった。別に寝坊したわけではなかったのだが、その時間ではレストランがまだ開いていなかったのである。

外国のホテルの朝食は、私にとっても楽しみの一つだが、朝のスケジュールが詰まっていると摂れないことも多い。十五分ぐらいでも「絶対に食べる」という仲間もいるが、そんなに急いで食べるのはあまりにも悲しすぎるので、私は摂らずに出発することのほうが多い。森岡はお客様と約束したとき以外は、まず食べないそうだ。なんとなくわかる気がする。昨日観光の途中に買っておいたチョコレートバーがカバンの中に入っているので、十時頃それを食べることにしよう。

バスは街の中心地、カテドラルの近くで私たちを降ろす。ここからは徒歩観光だ。貴重品、カメラ、ビデオ、替えのフィルムなどをバスに置いていかないよう、降り際にマイクを使う。降りてからの案内はサキコさんの仕事だ。

彼女を先頭に皆がひと塊となって、この可愛らしい南ヨーロッパの乾いた街を観て歩く。カテドラルの中を、サキコさんの説明を聞きながら廻ったあと、スペイン広場で一旦解散だ。私は希望を募ってヒラルダの塔へ登る。

十五世紀に建てられたこの塔は、今でも周辺を一望できる街のシンボルだ。当時としては目を見張る建築物だったのだろう。中に鉄筋が通っているわけでもなし、積み上げられた自らの石の重さだけで、五百年以上その孤高の姿を支えている。

内部は、重厚な石で強い陽射しが完全に遮られて洞窟の中のようにひんやりしている。階段はなく、時代の権力者がロバに乗って登れるよう頂上まで緩いスロープになっている。たくさんの観光客が訪れることにより、石段の角はすっかり取れ、よく歩く部分は少し窪んでしまっている。

一番ゆっくり歩きそうなお年を召したご夫婦の後ろを私もゆっくり登る。

お客様と言葉を交わしながら頂上まで登ると、眼前には素晴らしい街並みが広がっていた。私はこの素敵な眺めの中で、朝食ということにしよう。立ちながらの朝食は行儀が悪いが、お腹も減ったし、少しカロリーも補給しなければ。

チョコレートバーは、イギリスのMarsやオーストラリアのSNICKERSが好きだ。変にビターの効いた甘くないチョコよりも、これらのように思いっきり甘いチョコレートバーを私はより好む。大変疲れているときでも、これ一本補給すると三時間は持つ。

「添乗員さん、おやつ持ってきたのね」

食べているところをお客様に見つかった。

「えへへ、朝ごはんです」

「あら、朝ごはんはちゃんと食べなくちゃダメよ。若い人はなんでも省略しちゃって。少し早起きすればいいのよ」

優しい口調ではあるが、若い娘を戒める口振りで、よく言われがちなことを言われた。

ナッツを包含したチョコレートの塊をほおばっていたので、私はそれ以上の言葉を出せなかったが、かえって好都合だった。

――お客さんだったら私だってきちんと食べてます。少なくとも今朝はモーニングコールより早く起きていたわ。

顔はニコニコ、口はモグモグさせてこんな気持ちを呑み込んだ。添乗員はサービス業である。下へ降りて外へ出ると、陽射しは相変わらずだった。上で食べてきてよかった。ここだと溶けてべとべとになりそうだ。

集合場所では、塔に登った人と登らなかった人でお互いに情報交換をしている。ツアーはいい雰囲気だ。

不思議なもので、新婚夫婦もシルバー夫婦も、奥様同士はすぐに仲良くになるのに、旦那さん同士が仲良くおしゃべりする光景には滅多にお目にかからない。

人数の確認のためお客様の数を目だけで左から右へ数えているとき、八人目の国見のところで私の目は止まった。

――しまった。やられた。

大きな手提げ袋を持っている。近くのおみやげ屋で何か買ったらしい。子供用？　奥さん用？　おみやげ屋の中で選んでる品物を見ながら、さりげなく家族のことに話題を及ぼそうとする私の作戦は見透かされていたようだ。

私の思いついたどんないい作戦も相手はその裏をかいてくる。先にどっちが音を上げるか。向こうはそれを楽しんでいるようだ。きっと経験も積んでいるのだろう。私がまだまだ半人前ということか。

なにしろ相手は社長室付き秘密チームの査定官だ。私ごときに正体を見せるわけがない。だから私は挑戦する。おみやげ屋のチャンスはまだまだある。


時計が午後の二時を指すと、私は、すでに食事を終えてテーブルで談笑しているお客様をバスへ案内した。いつものとおりテーブル周りの忘れ物をチェックし終えると、ウェイターにチップを渡してレストランを出た。出がけにレジのところで、彼がキャンディーをたくさん持たせてくれた。

これから私たちはA92号マラガ―グラナダ街道を東へ進む。世界遺産のアルハンブラ宮殿へ向かうのだ。

バスでも列車でも、ロングトランスファーは添乗員が休むことができる唯一の時間だ。ホントは休んでいてはいけないのだろうが、移動中はできることのほうが少ない。

沿道の風景や建物のことをお客様に訊かれることもあるので、道路地図は必携だ。現地語と英語で併記されているものが便利である。クルマを運転するときに利用するような地図帳式のものは大変使い勝手がよい。観光名所、距離、トイレ、抜け道、鉄道路線、およそ移動中に知りたい、たいていのことが書いてある。

だが、例外のルートもある。地図帳ぐらいでは間に合わず、まったく息つく暇もないルート。それは中部ドイツ、マンハイムからニュルンベルクへ続く古城街道だ。

右に左に中世のお城が現れる。〇〇城、△△城、名前を知りたくなるのはどのお客様も同じ。美しいヨーロッパの風景の中をただ通り過ぎてゆくお客様はいない。

一度私はこの街道を現地ガイドなしで通り過ぎたことがある。このルートは古城街道からロマンチック街道へ出、ハイデルベルクを通ってフランクフルトへ抜けるゴールデンルートだが、距離が長いので途中のローテンブルク辺りで泊まりを付けなければならない。通しのガイドを付けようとすると、一泊二日分を雇うことになり、その分はツアー費に明確にはね返る。コストを下げるためにはこのルートを添乗員一人で持っていかなければならない。

月一ぐらいの頻度でここを訪れる専門添乗員ならともかく、数年に一度しか訪れない私にはこのルートはつらかった。なにしろ次から次へと説明しなければならないお城が現れるのだ。詳しいドライバーに当たると、名前ぐらいは英語で教えてくれるが、それもあてにはできない。

頼みの綱はアンチョコだ。ウチの支店には伝説の先輩が作ったという門外不出の秘伝書がある。

数ページにわたる大学ノートに手書きされたそれは、南から北へ北上するコースを取っている。ページの中央に一本の線が引かれ、バスの進行に沿って、右に左に次々と現れる古城の名前がカタカナで記してある。主だったものには、建てられた年代や簡単な解説の付記がある。バスを走らせながら、このノートどおりに現れるお城の名前を告げていれば、無事ロマンチック街道へ入るはずだった。

予め、古城街道の始まりに来たら合図を出してもらうように約束していたドライバーと私は息もピッタリかと思われた。彼の合図で古城街道へ突入すると、しばらくは余裕の雰囲気で景色を見ることができた。

しかしカタカナで書かれたドイツ語ほど発音が厄介なものはない。お城なのか、ただの大きなお屋敷なのかわからないものも現れ出した。

お城の密度が混んでくると、まず口が回らなくなった。二、三のお城をとばすと、もう順序がめちゃくちゃになった。

優しいドライバーは主だったお城で修正を加えてくれたが、かえってこれは私に追い討ちをかけた。手元のノートとあまりにかけ離れていたからである。

冷や汗が噴き出し、顔は火がついたように火照った。怖くて後ろを振り返ることができない。

一番前のガイド席に座り、フロントガラス越しに見えるお城らしき建物だけを凝視し、拷問のようなドライブは続いた。古城街道はこんなに長かっただろうか。

ドライバーに街道の終わりを告げられ、ようやく顔の火照りも冷めた。ドイツの古城をこれほど呪わしく思ったことはない。

冷や汗はホテルに着いて鍵を渡すまで止まらなかった。めちゃくちゃなガイディングがバレていないだろうか。

現在では写真入りの詳しいガイドブック（もちろん日本語）を日本でも買うことができるので、最近デビューの新人たちはこんな苦労はしないだろう。

添乗の仕事もそうだが、そもそも旅行そのものが〝出たとこ勝負〟という側面が強い。最近ではガイドブックが充実しすぎているし、インターネットでかなり細かい情報や、他人の体験談もなぞることができるようになった。今の旅行は、大変な苦労をして事前に調べ上げたことを、ただ確認に行くようなものとなってしまった。だから予定外のことが起こると、それを楽しむ余裕がまったくなくなる。

バスはマラガ‐グラナダ街道をすこぶる快調に走行している。ＶＯＬＶＯの大型バスは四十八人乗りだが、私たちのツアーはサキコさんを入れても二十人。余裕の走りだ。道路もとてもよい。途中三十分の休憩を取り、三時間の行程を一気に走り抜く。休憩所のドライブインでは、オーナーのおやじさんにコーヒーを一杯ご馳走になった。

ドライブの後半では、コーヒーのせいもあって眠くならなかった。時折後ろを振り返っても、国見を含めて全員眠っているようだったので、私はサキコさんとドライバーとおしゃべりをして過ごした。

話の中に森岡が出てきたが、サキコさんは森岡と何度も組んで仕事をしたことがあるそうだ。

「森岡さんて、どんな人ですか?」

「それはコズエさんのほうがよく知ってるんじゃないの? 毎日顔を合わせているんでしょう」

「ええ、そうなんですけど。よくわからないんですよね。私のこと、よくわかってくれると思うときもあるんですけど、ものすごく無愛想だと思うこともある」

「頭の回転が速いのよ。それと観察力もね。シャーロック・ホームズのようにひと目見ただけでその場の情況を判断し、相手の気持ちまで見抜く。コズエさんが無愛想と感じるのは、きっと気持ちをわかった上でわざとそうしているんだと思うわ」

サキコさんはだいぶ年上だけあって、探偵の引用もちょっと古い。

「なんでそんな意地悪するんでしょうか。いちいち頭にくるんですけど」

「でも、一度入った墓場から出てきたようにボーっとした上司だったら、コズエさんどう? 会社に行くの楽しい?」

さすがに譬えの引き方がなんとなくヨーロッパっぽい。

「そうですけど……。何か気になって嫌なんですよね、森岡さんがいると。私のことを子供扱いにして」

「だいぶ気になってるようね。子供に扱われているってのは、頼っているというように聞こえるけれど、コズエさん、好きなんでしょ、森岡さんのこと」

「んー。少し。でも世界で一番嫌いなときもある」

「それよ、それ。好きになったり嫌いになったり、自由にできるのは独身のうちだけだからね。結婚すると自由には身動きが取れなくなる。あれこれ考えている時間がなくなるわよ。あるのは現実だけ。こっちは日本よりまだましだと思うけど」

「結婚って、やっぱりしないほうがいいですかね」

「それはあなた次第ね。試しにしてみれば、森岡さんと」

もう半分別れかかっている彼のことまで話題にしようかとも思ったが、すんでのところで止めた。サキコさんに解決してもらう問題ではない。

バスは三時間と少しの行程を走り抜け、グラナダの街へ入った。ここには世界遺産のアルハンブラ宮殿がある。明日、丸半日をかけてここを訪れる。

夕方にかけてグラナダへ入る行程にしてあるのは、対岸のアルバイシン地区にある展望台へ行くためだ。高台にあるアルハンブラ宮殿は、谷を挟んだ対岸のこの地区からは素晴らしい眺めだ。ガイドブックにある宮殿の遠景写真は、だいたいこの場所から撮ったものである。数年前からアルハンブラ宮殿もライトアップするようになった。夕暮れに浮かび上がる明褐色の宮殿は息を呑むような美しさだ。日本では絶対に見ることができない風景である。

私が初めてここを訪れたときは、まだこの地区はなじみが薄く、現地ガイドもドライバーも道順がわからなかった。道を歩いているおばさんに訊きながら展望台までの道を登ったものだった。道の途中、懐かしく思い出される。

さて、お客様を案内する時間だ。

「皆様、おはようございます。お目覚めですか？　明日訪れますアルハンブラ宮殿が見えてきました。こちらの展望台でお写真タイムを取ります。バスを長く停めておくことができませんので、十分間お写真だけとさせていただきます。バスをお降りの際は他のクルマにも十分お気を付けください。お写真が終わりましたら、今晩お泊まりのホテルへ向かいます。今夜の夕食はホテルです」

ホテルのチェックインが終わるとサキコさんはここで上がりだ。今日の行程を逆に、路線バスでセビリアまで戻る。家に着くのは深夜だが、夕食はご主人と子供たちが作っていてくれるそうだ。

バスの時間が迫って、別れの挨拶とお礼もそこそこにサキコさんは行ってしまった。今夜の食事から明日の出発まで、あとは私一人でしなければならない。

お客様が部屋へ上がった後、私はホテル内のレストランへ行った。夕食まではまだ時間があるが、給仕長を呼び出し、開始時刻とテーブルのセッティングを打ち合わせる。ヴァウチャーに基づいてメニューを確認し、本日誕生日を迎えたお客様のデザートを、ろうそく付きのケーキに変えてもらった。

宿泊ホテル内の夕食は、前後の移動がないので気分的には楽だ。土地の有名レストランでの食事ばかりが続いた中で、肩の力を抜いて楽な気分で食事が摂れる。もっともホテルは高級クラスではあるが。

夜の八時開始で案内していた夕食に、全員が時間どおりに集合した。明日のスケジュールを説明したあと、席へ案内する。明日はローマへ出発だ。飲み物の注文を取る。帰りの移動がない分アルコールも進むはずだ。給仕長は日本語のメニューを用意してくれていた。スタッフが日本語を勉強しているのか、助詞の使い方が多少誤ってはいるが、ホスピタリティーが胸に染みる。

ビーフのアンダルシア風味は、砕けた雰囲気も手伝って、とてもおいしくいただくことができた。デザートの段になり、皆には黄桃のシロップ漬けが供されたが、頼んでおいた誕生日のお客様には、火の点った二本の短いろうそくが立てられた小さなケーキが運ばれてきた。

「皆様、おくつろぎのところですが、こちらの奥様は今日がお誕生日でございます。スペインで迎えられるお誕生日はめったにないことと思いますので、ささやかなお祝いといたしまして、ケーキとプレゼントを用意いたしました。では奥様、ろうそくを消してください。おめでとうございます」

小柄な奥様は立ち上がり、ボーイが小皿に載せたケーキを口元に持ってゆくと、二本のろうそくの火を一気に吹き消した。今日で六十二歳になるので、ろうそくは一の位だけの二本にしたのだ。

続いて私は小さな包みを差し出した。移動の途中、コーヒーをおごってもらった店のオーナーに包んでもらった小さなロバの土人形である。ミハスのほうにでもいそうな樽を両脇にぶら下げた愛らしい人形である。

奥様はその場で包みを開けた。満面の笑みがこぼれ落ちそうである。ここまで喜んでもらえると私としてもすごくうれしい。

添乗の仕事の基本はココだ。安全に滞りなく旅行を進め、楽しい思い出をたくさん作る。このことをするために、私たちはお客様と一緒に旅行をするのだ。査定を受けたり、その正体を暴こうとしたりすることは添乗業務ではない。

最後の場面でお客様が大変盛り上がり、楽しまれた様子を見、私は意気揚々と自分の部屋へ引き揚げた。

行程も順調に進んでいるし、体調を崩している人もいない。明朝の必要な案内もきちんと二度した。明日も皆さん、時間どおりに集合してくれると思う。

今日本は何時だろう。時計を見て素早く八時間を足す。朝の七時を過ぎたところだ。支店の皆もそれぞれ家で起き出して、これから出勤の準備だ。私もネームリストに沿って、チケットのリフティングだ。そして今夜は愉快な気分でベッドへ入る。明日はいよいよスペインを離れ、ローマだ。

## 意外なところで現れた意外な人

翌日も寝覚めはすこぶる快調だった。モーニングコールの時間までにシャワーを浴びた。そろそろ鳴る頃だなと思いながら、濡れてしまった髪の一部をバスタオルで挟みながら待っていると、モーニングコールが鳴った。レストランへ降り、パンとジュースとスクランブルエッグの朝食を素早く済ますと、急いでコーヒーを飲んで、ロビーで降りてくる荷物を待った。

到着のときは十六個。おみやげなどで個数が増えているかもしれない。

今日は観光を終えたら、バルセロナで乗り継いでそのままローマへ向かう。ここでチェックした個数は、そのまま機内預けの数になる可能性が高い。

ビジネス客も多いのか、この時間帯はチェックアウトと出発の客で、ロビーもキャッシャーもタクシー乗り場も大混雑だ。私たちのツアーは出発までにまだ間があるが、それまでに収まってくれないと困る。この分じゃポーターも相当忙しいのだろう。荷物は当分降りてきそうにない。私は混雑を見越して朝食の前にチェックアウトを済ませておいたので、出発までロビーで待つしかない。

グラナダではアルハンブラ宮殿観光のみのスポットガイドが手配されている。ヴァウチャーにはMS・MINEKOとあるが、知らない人だった。いつもはサキコさんがアルハンブラまでやるが、都合がつかなかったのだろう。ガイド業もハードな仕事だ。

数もそう多くはないロビーのソファーは全部埋まっていて、私は肩からカバンを提げて立ったまま待たなければならなかった。昨日到着したときはこんなに宿泊客がいるとは感じなかったこのホテルだが、次から次へとチェックアウトのお客様が訪れる。映画の一場面みたいだ。

ロビーで所在なさげにそんな光景を眺めていると、私のお客様もぼちぼち朝食に降りてきた。周辺の散歩を楽しんでいたご夫婦も戻ってきて朝食へ向かった。

レセプションとレストランの間、少し奥まったところにある公衆電話のブースから一人の男が出てきた。私は反射的にロビーの中央に飾られた大きな生花の陰に隠れてしまった。

――国見だ。どこかへ電話していたんだろう。

別に隠れる理由はないのだが、反射的にそうしてしまったわけは自分でもわからない。電話なら部屋からだってできるだろうに。そちらのほうがずっと簡単だし、ゆっくり話せる。

市内のどこかへ用事があったのか。それとも日本か。日本なら午後三時を過ぎたところだ。ヨーロッパからの定時連絡なら妥当な時間である。きっと会社から支給されたスペインのテレホンカードを持っているのだろう。

私たちも必要に応じて各国のテレホンカードは会社から持たされる。仕事上の通信はこれを使いなさいということだ。また、テレホンカードなら経費でも落としやすい。逆に部屋の電話を使ってインシデンタル（部屋の個人的費用）にチャージされると、いちいち理由書を付けて、それが承認されないと経費には認めてもらえない。そんな会社の規則に照らすと、国見がわざわざロビーの公衆電話から電話する理由も納得できる。少なくともあの男は暢気に観光旅行をしているだけではない。

社長室付きの品質管理チームへ、私のツアーはなんと報告されているのだろう。そして私自身は……。

お客様に紛れてなどという卑怯な手を使わずに、正々堂々とやってほしい。私は確かに一人前とはいえないかもしれないが、先輩たちにはかなり近付いていると思うし、しっかり目標にしている人もいる。紛争や大事故を除けば、たいていのことは起こっても対処できる。知らないこともたくさんあるし、ミス・インフォメーションもするかもしれないが、それを放置してきたことはない。日本までクレームを持ち帰ってきたことはないはずだ。

身体を強ばらせ気配を感じられないように、生花の陰からじっと彼を見る。

ただの中年オヤジ。典型的な日本の旅行者。変則パターンでも休暇の取れるうらやましい会社のサラリーマン。奥さんや子供がいるかどうかはまだわからない。

しかしアメリカのB‐1／B‐2ビザを持ち、私と同じ目線でモノを見、時には先回りをする。列車の中でもホテルのロビーでも、国際線の乗り換えでさえ妙に場慣れし、その風景から浮いてこない。時折、同業者にしかわからない微かなニオイを放つ。

――やはりこのツアーは監視されている。この私がといったほうがいいか。

「コズエさん。おはようございます」

「え、お、おはようございます。お散歩されてたんですか？　食事は済まされました？」

女性一人参加の由塚さんに、不意に後ろから声をかけられた。隠れながら国見を観察していたのがバレバレである。驚いた。正直なところ、全く気付かなかったのである。

「朝食はこれからです。ご一緒しませんか？」

「ごめんなさい。私、もう済ませちゃったんです。ホテル出発の朝はやることが多くって」

「添乗員さんは、いろいろ外国へ行けてうらやましいと思うけど、でもそれは旅行じゃないですよね。私にとって海外旅行は休みなんです。仕事のことも会社のことも、この年齢になれば不本意な人間関係も引きずってますからね。それらから全部解放されて、時間を自由に使う。それには外国が一番。言葉や地理が不自由だけど、それで余計独りになれたって気がするし。あなたがたには迷惑な話ですけどね」

「そんなことありません。なんだか心の内を見透かされた感じで……。私もあります、無性に独りになりたいってことが。添乗中に言うのもなんですけど、この旅行が仕事じゃなければどんなにいいだろう、って思うことは何度もあります。仕事じゃなければ、こんなとこまで来られませんけどね」

「添乗員さんの仕事は、私にはできないわ。普通のお店の店員さんみたいに、『いらっしゃいませ』『ありがとうございました』で終わりそうにないもの。とっても濃そう」

「よくご存知で。でもあれこれ考えているのは、オフィスで行程を眺めているときまでです。ツアーが始まればいろいろ感じたりしている暇はないです。けっこういろいろ起こるんですよ。でも、今回のツアーは何もないですね。まったく順調です」

「今のところ、ね。もう中日《なかび》も過ぎてしまいましたね。またあそこへ帰るかと思うと」

「お仕事キツイんですか？」

「キツイってわけじゃないけれど、なんというか、その内容がね。あなたのように華やかでカッコイイお仕事じゃないのよ」

「こっちも見た目ほどでは……」

「もう残り少なくなってきましたけど、最後までよろしくお願いしますね。朝食はあっちだったかしら」

「はい。右手奥です。時間まだまだですから、ごゆっくりどうぞ」

ふーん。私のツアーには旅行しながら休んでいる人もいるんだ。全く考えてもみなかった参加形態だ。こういう人たちには、どんな接し方をすればいいのだろう。何もお世話をしないほうがいいのだろうか。

Aチームの査定のことばかりに気を取られて、他のお客様のことをあまり深く考えていなかった。注意の払いどころが偏っている。図らずも由塚さんは私にそれを教えてくれた。


当地のスポットガイド、ミネコさんは出発時間に合わせて来た。初めて組む相手にしてはギリギリもいいとこだ。打ち合わせの時間も何もあったもんじゃない。自己紹介もなく挨拶もそこそこに、自分のペースで始めようとしたのには、さすがの私もガマンできなかった。だいたいあの布をまとったような、ひらひらした服はなんだ。西アフリカ趣味とでもいいたいのだろうが、機能的でないし似合ってない。ブティックの店員がバイトでガイドをしているみたいだ。昨日までヒップホップだった若者が、就職活動のために突然スーツを着たような雰囲気で、サマになってない。やはりセンスというのだろうか。周りが見えていない人は、自分の思惑どおりに振る舞って、好きな格好をし、自分本位のやり方で仕事にも突入してくる。

私たちが世界中の観光地を訪れ、たとえ言葉が不自由でも大過なく仕事ができているのは、業界内の共通のルールを身に付けているからだ。それがわからない人は淘汰される。それを自然に嗅ぎ分けることによって、これから組む相手が友人となるか、厄介な疎ましいものになるか、すでに半分以上はこの時点でわかってしまうものなのだ。

査定を続けるAチームの男も、私にそのニオイを嗅ぎ付けているのだろうか。この女は使えるか使えないかと……。

今朝も私のお客様は時間より少し早く集まってくれた。これだと降りてきた荷物や、チェックアウトの確認も余裕を持ってできる。

ロビーで説明をしているとき、国見と由塚さんが接近して立っていたのでどきどきした。

「さっき添乗員さん、あなたのことを隠れて見ていましたよ」

何かの拍子に彼女は国見に言ってしまわないだろうか。Aチームの同乗に気付いて、私が臆病になっているると見なされるのだけは嫌だった。

——まさかないだろう。

根も葉もない不安に、いつも悪いほうから考えてしまう自分を呪いつつ、二人が続いてバスへ乗り込むその背中を見つめた。

早い時間のせいかアルハンブラ宮殿は意外と空いていた。持ち物検査もないので、入口で渋滞することもなく、私たちはただちに観光を開始することができた。

最初の印象が悪かったので、ミネコさんとはできるだけ接しないような態度になってしまった。グループ全体を見渡せる通常のポジションに付き、ここはお客様のつもりでいろいろ見てやろうと思っていた。

宮殿の中は薄暗い。人工的な明るい電灯で照らさないほうがかえって異国の感じがする。中に入ってすぐは、かなり暗く感じるが目が慣れてくると、やはりとても不思議な気持ちになる。周囲から包み込まれるような壁のモザイク模様も、そこへ刻み込むように配置された柱のそれも、規則正しく折り重なるように、アーチの曲線と柱の直線が自然光のみの光の中に、立体画のように配置されている。

これを造った人たちは、このように見えることを予測して造ったのか。それとも造っていたらたまたまこのような構図になってしまったのか。

専門に勉強すればなぞも解けるだろう。ガイドの説明も聞かず、ガイドブックの予備知識もなく、ただ目の前に現れた石の組み合せだけを見て自分だけの解釈を考える。近くへ寄ってよく見ると、その幾何学的な模様のモザイクが嵌められた壁や柱は、透明なアクリルでカバーされている。世界遺産は世界中から訪れる観光客による摩耗から、厳重に保護されているのである。

今はミネコさんが率いる私のツアーは、モザイク模様のアルハンブラ宮殿を出、屋外の敷地へ進む。少し坂を登ると私の一番好きなヘネラリーフェ庭園へと出る。

陽射しは明るく眩しい。観光客のおしゃべりを除けば、小鳥の声とそよぐ風だけの音に、仕事中なのをまたもや忘れてしまいそうだ。

左右から水が弧を描く小さな噴水の通路を行く。季節からはちょっと外れてしまったが、それでも花が咲いている。最盛期ならここは映画のワンシーンのように、ものすごく美しい構図になるだろう。お客様もそんなことを感じながら歩いているだろうか。ミネコさんには悪いが、ここではこれらが何世紀にできたとか、噴水は土地の高低差だけで動いているだとかの説明は要らない。黙ってこれらの風景の中に佇みたい。

けれども私の仕事はここを時間どおりに通り過ぎること。早くても遅くてもいけない。予め決められたとおりにここを通り過ぎる。

常に後ろ髪を引かれる思いで、世界中の美しい場所を通り過ぎるとき、必ず思うことは「新婚旅行はここに来よう！」。どこでもそう思っているうちに、それらの場所は一回の新婚旅行では回り切れない範囲に拡大してしまった。

——やはり私に新婚旅行は無理か……。

日本の彼のことをほんの一瞬思い出し、すぐにこう思った。私の歳では夢より現実のほうが比重が重い。

庭園の外れまで来ると、昨日の夕方、こちら側を望んだアルバイシンの高台が正面に見える。アルハンブラの観光はまだまだこれからだが、私たちはもうサヨナラだ。お客様の写真もたくさん撮ってあげた。皆いい思い出ができただろうか。

世界中のどこへ行っても、いい思い出を作るのが私の仕事。

ここアルハンブラの観光が終わると、コルドバの空港からバルセロナを経由してローマへ向かう。今日の夜はもうローマのホテルだ。さして困難な行程ではないし、昼間のフライトで地中海を上空から見るのは大好きだ。時間も短いので、ここでは窓側の席を取るほうがベターだ。

# ローマでの再会と情報

グラナダの空港はとても小さい。国際航路もあるが、仙台空港とどっこいどっこいだ。ほとんど口をきくこともなかったガイドのミネコさんは、ここでさっさと帰した。

常駐のポーターはいない。バスから降ろした荷物は真っすぐチェックインカウンターへ運ぶだけ。トイレやイスの場所は案内するまでもなく、すべて見渡し範囲にある。一度グループを解散させて、私はゆっくりチェックイン作業に入る。外国での買物にもだいぶ慣れたお客様は、空港内の小さなカフェでコーヒーやビールを好き好きに頼んでいるようだ。暇そうだったカフェはにわかに忙しくなった。

イベリア航空の係員はとてもチャーミングで小柄な女性だった。ピアスのチョイスがとてもうまい。この顔立ちにはピッタリだ。

『VIA BCN TO ROM』バルセロナ経由ローマ行き、となっているバゲージタグを個数分先に出してもらう。スーツケースのハンドルの部分に通し、シールをくっ付け半券をもぎる。全部に付け終え、一つ一つの重さを量り、ベルトコンベアーで流す間に発行し終えた搭乗券を受け取った。

アサインされた席はそれほど調整の必要もなく、夫婦や友人同士が離れてしまうことなくうまく収まった。二席だけ少し離れてしまったが、そこは私と由塚さんにしよう。

小さな空港なのでボーディングブリッジもない。私たちは時間が来ると簡単なセキュリティーを抜け、すぐそこに止まっているイベリア航空のボーイング737型機のタラップへ向け、コンクリートの地面を歩いていった。

ローマはさすがに混んでいた。他を圧倒する観光地、格の違いを見せつける。街もそれ用に出来上がっているようだ。

ここからの行程はまさに分刻みである。ローマは見るところが多い。有名どころはすべて押さえなければならないし、ツアーとしては自社のカラーを出すための売りの部分も組み入れなければならない。企画担当者を悩ませるところだ。

私たちは、人も荷物もバルセロナで無事乗り継ぎ、上空から地中海の景色を楽しみ、時間どおりローマに着いた。EU内の移動ではパスポートコントロールも税関もなく、荷物をピックアップしたら即バスへ直行だ。

ローマには森岡の同期、清水さんがいる。半年前くらい前に一時帰国したとき、一緒に深夜まで飲んだことがある。

責任者は七畑マネージャー。二年前はオーストラリアのゴールドコーストにいた人で、その頃仙台支店では四、五日毎に三十人サイズのツアーをゴールドコーストへ送り込んでいた。とにかくオーストラリアが流行っていた。添乗員が足りなくて、私も六日行っては二日休み、また同じコースに違う客と行くいう生活を六週間続けた。

ローマ・フィウミチーノ国際空港。到着ロビーのバゲージクレームは人と荷物でごった返していた。本当に注意してないと置き引きやスリの被害に遭いかねない。もうローマへ入ったんだ。私は自分に言い聞かせた。

お客様を案内しながら荷物をピックアップしていると、向かい側で元気に手を挙げて合図する男性二人が目に入った。

破顔一笑。七畑マネージャーと清水さんだ。二人とも空港まで迎えに来てくれた。

「ようっ。コズエさん。元気だった？　調子は？」

「七畑マネージャー、お久しぶりです。その節はお世話になりました。ツアーは順調です」

「いや危なかったよ。ローマ入りが一日遅かったら会えなかった。明日から出張なんだよ、日本に」

この人たちは日本に行くのが出張なのである。

「ホントですか。よかった間に合って。東京はもう寒いですよ、だいぶ。仙台は雪が降りそうですよ」

「ほんとかっ!!」

「嘘です。木枯らしだけですよ、まだ」

七畑マネージャーはオヤジ丸出しの本当に面白い人である。

「コズエさんはローマ何日間だっけ？　残念だなぁ。飲みに行きたかったなぁ。なんでも言ってね、あとは清水がやるから」

後ろでニコニコしながら控えていた清水さんが、用意していたものを手渡してくれる。

会社のマークにローマ支店の小さな文字。表紙が付けられたヴァウチャーの束だ。ローマポーションはこれ一冊でカバーされる。

「はい、これ。森岡、何か言ってた？」

「ローマには清水がいるな、って」

「それだけ？　みやげも持たせてよこさないの？」

「すみません。手ぶらです。お菓子はスペインで使い果たしました」

「なんだ、なんだ、ずいぶん仲よさそうじゃないか」

オヤジ的なアプローチでマネージャーが割って入る。

「この前、日本で一緒に飲んだんです」

懐かしい再会の挨拶も、すぐに切り上げなければならない。後ろには荷物をピックアップし終えたお客様の集合が完了している。

「皆様、お荷物は全部お揃いでしょうか？　お連れさまがいらっしゃらない方はおられませんね？　これからバスへご案内いたします。ホテルへはおよそ三十分です。お手洗いご利用の方はこちらでお願いします」

言い終えて腕の時計をチラと見た。まだ時間は十分にある。

清水さんが空港ポーターを呼んでくれ、スーツケースを積み始めた。私はお客様を連れてマネージャーと共にバスへ向かう。

「じゃ、コズエさん、俺明日早いからここで失礼するよ。ローマ楽しんでいって」

マネージャーはホントに忙しいところをわざわざ来てくれたんだ。そうわかると胸がジーンとなった。

「ありがとうございます、マネージャー。なんだかゴールドコーストにいるみたいです」

「ああ、ああいうことがまたあるといいな」

マネージャーの言葉には会社の業績が滲み出ていた。私のレベルでもなんとなく聞いてはいたが、業界全体が数年前に比べると落ちてきているらしい。

上の人になればなるほど、旅行は楽しいばかりのものではなくなってくる。できれば私は、今のままでずっといたいと思った。

清水さんは一緒にバスに乗った。ホッとしたのは私の正直な気持ちである。Aチームのことを話してみようと思っていたからだ。もしかすると森岡から何か連絡が来ているかもしれない。森岡が手を尽くし、何か調べてくれたのではないか。私はそんな期待をしていた。もしそうならその情報を受け取る接点はここしかない。

時差も両替もないEU内の移動では到着したバスの中でも、取り立てて新たに案内することもない。

ただ、今私たちはイタリアのローマに到着し、今までより治安の格段に悪いところに来た。スリや置き引きには十分注意するように、特にパスポートとお金は絶対に一緒にしないということを、少し時間を割いて話した。

最近ではマドリッドの首絞め強盗もだいぶ有名になったが、昔も今も、ローマでの被害は圧倒的に多い。外務省の邦人保護課から発表される被害件数は、通常の予想をはるかに超えている。なるべくこの課のお世話にはなりたくないものだ。

「清水さん。日本から何か連絡来てませんでしたか？」

車内で打ち合わせを済まそうとしているところへ訊いてみた。

「いや、何も来てないよ」

「……そうですか」

私の勝手な思い込みにすぎないのだが、森岡に見放されたようで悲しかった。

「なぜ？　何か問題あるの？　このツアー」

特別なことがない限り、出発したツアーを日本でウォッチしていることはない。それを知ってか清水さんはごく小さな声で訊き返してきた。

「いいえ。私の思い過ごしならいいんですけど。ホテルでお話してもいいですか」

声が沈んだものになっていた。それはAチームのことではなく、森岡に、個人的にウォッチされていたかったからだと思う。あまり認めたくない気持ちだけれど。

バチカンのサンピエトロ大聖堂と目と鼻の先のところにあるホテルにチェックインした私たちは、通常の手続きに沿ってそれぞれの部屋へ収まった。お客様は夕食の出発まで少し間があるが、私は部屋に荷物を置くとすぐにロビーに引き返した。

隅のソファーで清水さんが待っている。

「すみません清水さん。お引き留めしてしまって。今日はこれで上がりですか？」

「いいや、夕食までご一緒させてもらうよ。添乗員さんが許可すればね」

「本当ですか？　うれしい。結構余裕なくって、このツアー」

「さっきもそんなこと言ってたけど、何かあったの？　難しいお客さんでもいるの？」

「それが、わからないんです」

「どういうこと？　何がわからないの？　見た感じ、いつもと変わりないけどなぁ。ご夫婦と新婚ばかりじゃない」

「ええ、そうなんですけど……。そこを狙ったかのように、一人紛れ込んでいるんです。これを見てください」

私はネームリストを見せた。

「このＳＧＬアレンジになっている一人参加の男性です。国見っていう……。この人がＡチームなんじゃないかと……」

「えっ！」

清水さんはほんの少し腰を浮かせ、身を乗り出した。

「なんでわかったんだ……」

「いいえ、それがまだわかんないんです。ただなんとなくそんな気がするって……」

「そうか。驚いたよ。ホントだったら大変なことだからね」

「そうなんです。出発直前に気付いて、成田から森岡さんに電話したんです。すごく気になるから調べてくれって」

「そしたらなんて言ってた、森岡のヤツ」

「くだらないこと考えてないで、ちゃんと添乗しろって。寝られるとき寝て食べられるとき食べとけって、あんまり関係ないこと言ってました」

「はは、あの男らしい励まし方だ」

「清水さんはAチームのこと、どのくらい知っていらっしゃいますか？」

「Aチームというのかどうか知らないけど、ツアーの品質をチェックしている部門はあるようだよ。ウチの会社に限ったことじゃないし。でも、やってるとしたら、そんなに露骨にやるかなぁ。一般のお客様にモニターを頼むだけで済む話だと思うな。

しかし、再教育プログラムが支店単位で導入された話はよく聞く。ロンドンのヨーロッパ統括支店では、ここのエリアにも再教育プログラムを導入しようと動きがあったそうだ。でも、こちらの支店の半分ぐらいは現地採用だからね。日本人の勤勉さではモノを計れない」

「でも難しいと思いませんか？　この年齢の男性がこの時期に、会社へも行かず十日も一人で旅行しているなんて。家族構成までわかりませんけど、普通の会社だったらこんなに休めないでしょう。それに扱いが日比谷の支店なんです。このツアー、ウチの支店で募集かけたから、他のお客様はほとんど仙台周辺の方ばかりです。なのに一人だけ日比谷から。虎ノ門の本社にも近いじゃないですか。それに私見たんです、この人のパスポート。アメリカのB‐1／B‐2持ってました。ツアー中も電話をかけていることが多いし、空港でも不安な素振りは見せないし、いろんなことをよく知ってるし、とにかく慣れているんです」

「うーん、不安な素振りを見せないのは添乗員が付いているからではないの？」

「違うんです。なんというか、こう、感覚でしかわからないんですけど、私と見るところが同じなんです。目線が同じというか、同じ予測をして行動する感じです。普通、どのお客様も外国を旅行されて珍しいものを見たり、新しい体験をされたりすると、爽やかな、生き生きとした、多少なりとも感動されたような表情をします。でもこの人は、全くそのような表情は見せないのです。どこへ行っても……」

私はリストに目を落とした。清水さんは困った顔をする。

「限りなくクロに近いと思うけど、決め手に欠けるね。本人がゲロしない限りはっきりはしないのではないだろうか。仮に身元明かして『私はAチームでした』と言わせたとしても、日本に帰るまでツアーは続けなければいけないよ。正体を探ろうと、あれこれ策を弄するのはあんまり意味がないと思うなぁ。コズエさんはそのままで十分通用してると思うよ。変に肩に力が入ると思わぬことになる。俺も森岡の意見に賛成だな。それにもし、予めAチームが紛れてるってわかったとしても、俺だったらそのままコズエさんをアサインすると思うよ」

私の気持ちはおだてられても納まらなかった。どうして皆真実を究明しようとしないのだろう。不正や黒幕を暴こうとしているのではない。ただ、本当のところはどうなっているのか知りたいだけ。

男の人たちは、余計なことに首を突っ込むなと口を揃えて言う。だらしがない。

日本の会社社会を支えている、大半の男がこんな具合だからアメリカみたいに実力主義にならないのだと思う。臭いものには蓋をかぶせ、見たくないモノは見えないふりをし、思っていることとは反対のことを言う。

女だってそれは同じ気持ちだ。仲間外れにはされたくないし、陰口を聞かれるのも気分は良くない。女の世界では、仕事ができなくても、並みよりできても、いずれにせよシビアだ。

なのにそういったことがどうしても看過できないのは、女が感情の動物だから？

せり上がってくる感情を自制できないことはままある。ただ、真実を明らかにして、会社ももっとわかりやすいものにすれば、皆もストレスを溜めず、楽しく仕事ができるのではないか。

「コズエさん、そんなに深刻にならないで。ここはイタリアのローマだよ。ローマは恋と人生を楽しむ街。仕事でも楽しまなきゃ損ですよ」

「ありがとうございます。そうですね。あまり余計なこと考えずに、仕事に専念することにします」

言った言葉とは裏腹に、私はやはりAチームの存在を確認しようと改めて思った。

清水さんは素敵な男性で、私たち女性添乗員仲間では人気がある。ローマへ来ればいろいろな楽しい話も聞かせてくれる。ヨーロッパ周遊中にローマで清水さんと夕食を共にできるということは、かなり幸運《ラッキー》な部類に入る。皆に話したらうらやましがるに違いない。私もこの幸運を素直に喜んで、恋と人生を楽しむ街に暮らす清水さんのエキスを、少し分けてもらうことにしようか。

前菜に始まり、パスタ、メインの魚＋メインの肉、そしてデザートと進んだ本格的なイタリア料理のフルコースは、日本人用に量を少な目にアレンジしてもらったとはいえ、全部食べ終わるまでには、ものすごく時間がかかった。日本で〈イタ飯〉などと気軽に呼んでいるのは、このコースの中のパスタの部分だけである。イタリアワインもたっぷり飲んだ全員が、「もうこれ以上動けない」状態でホテルへ戻った。

鍵を受け取ると、皆さんすぐに部屋へ上がった。おそらくAチーム国見も査定の気分ではないだろう。気持ち良さそうに酔っ払っている。

私も部屋へ上がる前に、清水さんへお礼とお別れの挨拶をした。今になって気付いたが、本当は森岡から何か連絡が来ていたのかもしれない。心理的に不安定になっている私を気遣って、無理に食事までしてくれたのかもしれない。考えてみれば、今までも、特別なことがない限り清水さんのようなスーパーバイザークラスが、ツアーに合流して一緒に食事を摂ったりすることはなかった。

私の勝手な思い込みが皆に心配をかけている。こんな自分がほとほと嫌になりながら、心の中で私は清水さんにとても感謝した。

そんな私の気持ちを知る由もなく、清水さんはホテルの近くに駐《と》めてあった会社のフイアット・ウーノを運転して帰っていった。私たちも、そうとうワインを飲んだはずだったが。


翌朝は遅めの出発だったので私にも余裕ができた。昨夜はお客様も早く寝た方が多かったとみえ、部屋へは一本も電話は来なかった。いよいよ今日からローマの観光が始まる。渋滞の道路の中、どうやって分刻みのスケジュールをこなすかが腕の見せどころだが、今日は徒歩の観光も多いので、大丈夫だと思う。市内なら、時間調整のためのスポットも二つ三つなら、すぐに思い付く。

日本で募集のパンフレットに載せた観光スポットは、必ず巡らなければならないから、少しは時間が余るよう、一日のスケジュールとしては余裕を持たせて組んであるはずだ。

ゆっくり朝食を摂り、部屋へ戻ってお茶を飲んでもまだ時間があった。

私はいつも持っている添乗カバンの中身を整理し、スペイン関係のものはすべて赤いオイスターへ移した。保湿用の化粧水も補充し、リップを塗り直した。ツアーレポートはそこそこ書いている。帰りの飛行機で書けなくても、帰国後二日もあれば完成の範囲だ。あと四日もすれば帰国しなければならない。ほっとして安心する気持ちと、もっと長くこちらにいたいと思う気持ちの分水嶺が今日あたりなのだ。

来るときの機内で決めた、帰国までにはカタをつけたい三つのこと。Aチームの存在と、彼との結婚と仕事。これらを残り数日のうちに決めなければいけない。決める、と自分で決めたので、どうしても決めなければならない。

今まで私は何事もずっと先へ延ばしていた。ほんの数カ月前までは、「おいしいおやつは最後まで取っておく」感覚でそうしてきたが、この歳で、もはやそれが通用する余裕がないことに気付いた。

先へ延ばすということは、現状は何も変わらない。ドラマのようにいろんなことが起こって、それらの処理に四苦八苦するなんて、普段の生活ではあり得ない。それでも私は外国を添乗して歩いているから、出来事は多いほうだ。事務職のOLだったら、ほんとに、全く判で押したような規則正しい生活だっただろう。

観光へ出発の前に、考えるのに適当なことではなかった。何をしなくても今日一日は間違いなく過ぎる。今の時間は、あとで役に立つときがきっと来る。そう思って私は部屋を出た。

ロビーには気の早いご夫婦が二組、写真を撮ったりしていた。この数日間でお互いに仲良くなったらしい。

時間まではまだ五十分ほどある。ローマの現地ガイドがもし早く来ていたら、少し打ち合わせがしたかった。ロビーにそれらしき姿はなく、空振りの感がしたが、さっきの部屋での気持ちが完全に払拭されたのでよかった。

ギターのおじさんが二人、かなり太った歌のおばさんが一人の、三人編成が今夜のカンツォーネナイトだ。すでにかなり盛り上がっている。間近で生ギターとものすごい声量で歌われると、とっても外国的な気分になる。

私は少しチップを握らせて『フニクリ、フニクラ』をリクエストした。誰もが知ってるメロディーと、イタリア語の弾むようなテンポがこの歌ほど合う歌はない。どのツアーでもこれを頼むと座は最高潮に達する。

今夜もうまくいった。皆楽しそうにキャンティを飲んでいる。

今朝、私たちはバチカンの衛兵交替に合わせてホテルを出発した。最初はサン・ピエトロ大聖堂まで十五分ほど歩いた。

私たちは少し遅いペースで歩き、サン・ピエトロ広場で中世の格好をした衛兵の交替を見物し、バチカン美術館入場のための長い行列を辛抱強く待った。

徒歩観光では足並みが揃わず、時間が押してきた。午前中は予定を全部回れないかもしれない。国見にチェックされないか、ものすごく緊張した。

今こうして何事もなく、皆でカンツォーネを楽しんでいると、午前中の緊張が嘘のようだ。時間をなんとかやり繰りし、さらに昼食時にも調整を加え、スケジュールは満足のいく出来だった。実際私自身、観光中システィーナ礼拝堂の『天地創造』や『最後の審判』はいつもよりまじまじと観てしまった。意気揚々とした気分だったのである。

その気分は今でも持続して、楽しい時間は続いているが、今夜も飲み物はけっこう進んでいる。テーブルに一本の割合で付けたキャンティは、すでに四本追加された。それ以外にもビールがどんどん運ばれている。前回のような急性アルコール中毒にならなければいいが、と見回していると、国見がチップを渡して何かリクエストした。手慣れたものだ。

それまでテーブルの間を往ったり来たり、陽気に歌い、演奏していたおじさんたちが、にわかに真面目になり、その雰囲気を察した店のお客さんも次第に静かになって注目しはじめた。

予め打ち合わせ、パートを分けていたかのように、よく合ったハーモニーのギターが演奏を始めると、樽のような歌い手の女性がものすごい声量で歌い出した。ちょうど私の斜め後ろに立っていた彼女の声は、もはや鼓膜を突き抜けて、脳にじんじん響いてきた。

――ライブとはこういうものなのか。

なんという曲かはわからなかった。だがアリアであることはわかった。
私にオペラの素養はない。難なく演奏しているところを見ると、かなりポピュラーな曲なのだろう。

——わざと？

ヨーロッパ文化に対する私の浅い知識を指摘するかのように、こんなところでリクエストされたアリア。添乗員としての資質を査定する陽動作戦の一つなのか。それとも単に、私に嫌がらせをしているのか。

いずれにしても、挑発に乗ってはいけない。私はかろうじて自制していたが、悔しかった。自分の不勉強を人前で叱責されたような気分だった。

悔しくて眠れないかと思ったが、昨夜はベッドへ入るとすぐに眠ったようだ。毎日の早起きと、日中の活動のせいで身体は適度に疲れている。緊張しながら眠っているから、あまり寝た気がしない。

一、寝坊をしてはいけない
一、何か起きたらすぐ対処しなければならない
一、皆より先に行動しなければならない

一、迷ってはいけない
一、決して腹を立ててはいけない
眠っていても、私はいつもこれだけの命令を受けている。帰国するまで一瞬も途切れることなく続く。

朝はもう自動的に身体が動く。いくつかのパターンが身に付いていて、今日のは〈ホテルを引き払い、観光をしたあと、他都市へ小規模な移動〉のパターンに沿って動く。

今日の夕方にはもうロンドンへ飛ばなければならない。恋と人生の街ローマはたったの二泊。実質は一日半である。買物と写真を撮るために寄ったようなものだ。

スーツケースを移動用にパッキングし直し、イギリス入国に際して、カードや案内をもう一度チェックしながら添乗カバンへ入れる。航空券のリフティングは昨夜のうちにやったし、あとはバスに乗ってお客様のパスポートチェックを残すのみ。チェクド・バゲージに入れられていたら一大事だ。空港へ着いたら荷物はすぐに流す。開けている暇はない。ローマのフィウミチーノ空港では、チェックインにどれだけ時間がかかるか読みにくい。係による。空港では万事早目に事を進めておけば、間違いないのだ。

準備を済ませ下へ下り、レストラン付近でお客様の案内をする。皆だいぶ慣れてきた様子で、もう案内は要らないかもしれない。

――今朝は朝食を抜こうかな。

考えていると国見が下りてきた。帰国までには正体を摑んでやろうと、今日まで機会をうかがいながらツアーを続けてきたけれど、結局何もわからないままだ。会社の話題にすら及ばない。皆と同じ、ただのお客様なのだろうか。だとしたら心の中でも国見さんと呼ばなければならない。

だが、こちらもまだヘマはやっていない。査定をするにはツアーは平穏すぎる。そろそろ何かを仕掛けてくるだろう。ツアーはもう残り少ない。

荷物の数を数え、各自に確認してもらうとＩＶＥＣＯのバスの腹に詰め込む。窓も車体もピカピカに磨かれた美しいバスは、世界一の観光都市にひときわ花を添える。

半日観光のあと、今日はそのまま空港へ入るので、各観光のスケジュールは比較的緩くしてあり、道路の混み具合などによって自由に調整できるようになっている。ただあまり端折ると、時間が大幅に余ってしまう。終盤になってナボーナ広場辺りで自由散策なんてしたら、一発で国見にバレてしまうだろう。手を抜いていると思われたくない。

個人的には、都市間移動は午前中のうちに済ませておきたい。時間をそこへ合わせながら一日の行程をこなすのは、添乗のうちでも避けたいパターンである。あとが詰まっていると、急《せ》き立てられるようで精神的にも余裕が持てない。

積んだ荷物の個数をドライバーと確認し合ったら、車内で人数の再確認をする。結局、朝は抜いた。

「皆様おはようございます。昨夜はゆっくりお休みいただけたでしょうか？　カンツォーネナイトはいかがでしたか？　だいぶ盛り上がりましたね。最後のアリアには私もびっくりしました。まさかあそこで、あのような本格的なアリアが聞けるとは思いませんでした。皆さん昨夜は得しましたね」

一応リクエストした国見に牽制球を投げておく。これでゲームは楽しみを増す。

「出発の前にもう一度ご確認ください。今日はこれから観光をしたら、もうホテルへは戻りません。このホテルのチェックアウトはお済みですか？　鍵を持っているお客様はおられませんね。それと最も重要なこと、パスポートはお手元にお持ちいただけたでしょうか」

昨夜のうちに一度説明はしているのだが、今一度最後の確認をする。添乗中は確認しすぎて失敗したということ絶対にない。

「お預かりしました皆様のお荷物は、バスのトランクへ詰めて鍵をかけました。夕方、空港へ着いたらそのまま飛行機へ預けてしまいます。私たちもすぐにロンドン行きの飛行機にチェックインとなりますので、パスポートは必ずお手元にご用意ください。預ける荷物の中に入れたり、ホテルへお忘れのままでは、イタリアを出国できません。パスポートは手で触ってお確かめください。空港に着いてから気付いても遅いです」

ガサゴソとバックを開けて、言われたとおりに確認するのを見て続ける。

「今日回るところはスリや置き引きが非常に多い地域です。その点では今回のツアー中、最も危険なところと言っていいでしょう。ですのでバックの口は必ず閉めて、必ず前に持つようにしてください。またパスポートを上着のポケットへ入れているお客様は、ポケットにボタンがあればかけられたほうがいいです。お財布とは別々にしておいてください」

くどいくらいにスリと置き引きの注意をする。それでも、ローマでは被害に遭うツアー客が絶えない。夕方に移動を控えていれば、警察に行っている暇はない。パスポートをやられたらアウトだ。領事館になんとか渡航書を発行してもらって日本へ帰るだけだ。

「では皆様、ご準備がよろしければバスを出します」

こうして今日もツアーの一日が始まった。

## 悪夢のフィウミチーノ空港

バスでの移動は短いのだが、なにしろ道が混んでいる。どの道も路上駐車の列。道路の一車線分はそのためにある。

掘れば必ず出てくる遺跡のため、ローマは地下にも上にも発展できない。文字どおりローマ時代からの姿をとどめて、世界中から観光客を集めている。

それらの中で、わが日本からのツアーはやはりちょっと異質である。分刻みで遺跡を巡り、すぐそこまでの移動にもバスを使う。いつもまとまっているから、どこからでもすぐわかる。バラバラに動かれるとこちらが困るけど。だからスリにも狙われる。

今日も天気は良く、最初のコロッセオには、すでにたくさんの観光客がいた。うまく現地ガイドとミートできるか心配だったが、果たして彼は先に来ていた。ローマにはガイドがたくさんいるので、よっぽどのことでもない限り、前に会ったかどうかは覚えていない。特に気の合うガイドもいない。この点はパリなども同様である。

サインをしたヴァウチャーを切って彼に渡し、行程と回り方、お客様の構成を伝える。特にあとにズレ込むのは絶対できないことを厳重に伝えておく。今日のようなスポットガイドはツアーの全体像がわからないので、途中で最後に移動があるとわかると、大変慌てることがあるのだ。

階段をのぼって円形競技場の内側へ入る。上のほうから見ると、東京ドームと変わらない感じだ。帝政ローマ時代、陽射しが強いときは天幕もかけられたというから、まさに東京ドームである。

ここのおみやげ屋で売っている、シースルータイプのガイドブックはとても面白い。現在の遺構に当時の建築を伝えるイラストがシースルーのページで重ねて表されている。コロッセオを訪れると、誰もが購入してしまうものの一つだ。

上まで登って写真を撮りたいお客様のため、二十分間の自由時間とした。急げば一周も可能だ。

何組かの写真を撮ってあげたあと、私は周囲を囲む壁の内部へ陽射しを避けた。ここで朝食代わりのチョコレートバーを食べよう。

日陰は涼しい。手すりにもたれながらチョコレートバーを齧っていると、外国人の男の子にナンパされた。そこそこカッコよかったけれど、どう見ても年下だった。日本人の女の子は子供っぽく見えるということだから、私もそう見られたのかしら。でも仕事中でなければ、お茶の一杯ぐらい付き合ってもよかった。

コロッセオに来ると、ローマに来たという印象も強くなる。パリでエッフェル塔を見たときと同じ感覚だ。だが、コロッセオは遠くから見たほうがよい。近くに寄ると大きすぎて、きれいに円く見えないのだ。

私たちはローマの象徴コロッセオをあとにして、フォロ・ロマーノの間をバスで抜ける。ここでソクラテスやベンハーを思い出すのは私だけだろうか。哲学的側面からモノを考える傾向が強くなる。プラトン的な恋愛がプラトニック・ラブで、あの頃のまま大人になれるとよかった。

パンテオンで壮大な石造りのドームを写真に撮り、ベネツィア広場へ戻ると、もう昼食の時間だ。チョコレートバーのせいか胸焼けがして、あまり食べたくない。

昼は魚のグリルだ。ローマへ入ってからパスタか肉ばかり食べていた私たちにとって、魚を焼く香りはとても懐かしい感じがした。私も食欲が戻り、お客様の飲み物の注文を取り終えると、早々に席に着いた。

スズキだろうか。よく身のほぐれる白身の魚はいい香りを放っている。私はできるだけソースに浸さないよう魚をどかして、塩を振って食べた。こうすると日本の焼き魚とほとんど変わらない。白いご飯が無性に欲しくなる。成田へ着いたら家に電話して、夜のご飯はサンマにしてもらおう。

午後には、まず真実の口へ行った。長い行列を作って写真を撮る順番を待つ。私はいつも撮る側なので、ここへは何度も来ているが、まだあの口へ手を差し入れたことはない。今でもそれは少し怖い。また、別の意味でこの教会の前は最も怖い場所の一つだ。モペットに乗った引ったくりの多発エリアである。

自分が写真を撮り終わっても全員が終わらないとツアーは出発しない。先に終わった人は出発を待ちながら、教会の前の道でブラブラするしかない。たいていはそのときにやられる。モペットの二人乗りがものすごいスピードで観光客の脇を通り過ぎると、手に持っていたカバンは間違いなくやられる。

別のグループだったが、私は目の前でやられるのを見たことがある。うまい具合にこの道路は犯人が逃走する方向に向かって少し登り坂になっており、すぐ大きなカーブになっている。引ったくり犯の姿は、十秒と経たないうちに見えなくなってしまうのだ。実にお誂え向きの設定である。

バスを降りる前にこのことを十分説明した私のお客様は、写真を撮り終えると私の言いつけどおりに、バックはたすき掛け、ストラップは腕に巻き付けている。自分のカバンも十分に注意する。最近は添乗員も狙われるようになった。

ローマでこなさなければならない行程も残り少なくなってきた。

バスは一旦回送に出し、私たちは徒歩でトレビの泉、スペイン広場を回る。肩越しに小銭を投げ入れ、階段に腰掛けジェラードを食べるお約束だが、お年を召したお客様が多かったので、ジェラードの人気はそれほどでもなかった。

あとはお待ちかねのお買物。ここでは九十分以上の時間を取る。ここにあるフランスの超有名なブティックは時間による入替制を敷いているので、それでも足りないくらいだ。ともあれ女性の大半は、このコンドッティ通りでの買物が主たる目的の一つなのでこの部分をおろそかにはできない。

それにしてもこのコースは最悪だ。この行程を作ったのは誰だ。森岡か？　私はその者を呪った。移動の直前に買物の時間を入れるのは素人の企画だ。

まず、買物では時間があとへ延びる可能性がある。移動前に入れるのは危険だ。そして間違いなく荷物が増える。カサの張る荷物はスーツケースへ入れたいと思うのが旅行者の心情だろう。しかもここは今回のメインともいうべき買物スポットである。荷物が増えないわけがない。それらをすべて機内持ち込み荷物にしなければならない。

そもそもなんで最後にロンドンなんかに寄るのか。大方航空座席が取りやすいからとかなんとか、旅程を作った側の都合に違いない。

企画造成はいつでもそうだ。感性やイメージで仕事をしているところがあって、実務のポイントが抜けていることがある。現地視察などで新しく詳しい情報は摑んでいても、彼らはいつも時間やスケジュールにとらわれず小人数で動いているから、ツアーというグループの動きがわかっていない。私たち実務の意見が造成サイドに伝わるのは半年も経ってからのことだ。

フィウミチーノ空港へ着いてからのゴタゴタを思うと、苛立ってきている自分に気付く。そういえばAチーム国見は、「最後にロンドンに寄るところがいい」と、このコースについて言っていた。そのときは何とも思わなかったが、こんな造成サイドの都合を皮肉っていたのだろうか。だとしたら、相当内部事情に通じている。

私は新しい疑念を抱いて、お客様が買物を終えるのを待った。

有名ブランド店の紙袋をたくさん抱えたお客様が次々と戻ってきて、私はバスとのランデブーポイントへ向かった。絶対「スーツケースの中へ入れたい」と言うだろうなと思いつつ、時間と場所があればそうしようかと考えていた。

全員がバスへ乗り終えると、私はすぐに空港へ向かった。できるだけ早く空港へ着きたい。ローマはこれで終わり。やっぱり駆け足になってしまった。二、三日のフリーがあるコースでローマに来てみたいものだが、そんな添乗員付きのコースなんてあるわけがない。

渋滞に悩まされることもなく、バスは比較的スムーズに空港に着いた。よし、これなら時間が取れる。

相変わらずターミナルビルの前はクルマでいっぱいだったが、運良く前のバスが二台まとめて出発したので、私たちはそこへ滑り込むことができた。

停車前に私は窓際に寄り、外のポーターの集団に向かって指を一本立て『一人お願い』の意味で、前方の駐車スペースを指差した。指定のチョッキを着た公認ポーターのうちの一人が、咥えていたタバコを投げ捨て、大きな台車を押しながらバスを追いかけてきた。

しかし何か変だ。異様に混んでいる。ターミナルの中は人でいっぱいだ。私は嫌な予感がした。

「Hello, how meny?」

バスのドアが開くと、先ほどのポーターが外から声をかけてきた。

「ナインティーン、アリタリア　トゥー　ロンドン」

個数と航空会社、行き先を告げる。こうするとチェックインカウンターまで運んでくれる。

「Unfortunately,All flight are delay」

うまく聞き取れなかったが、聞き違いであればいいと思った。顔から血の気が引いてゆく。

全員バスから降りると、私は車内の忘れ物をひと通りチェックし、ヴァウチャーとチップを渡すと、ドライバーに「チャオ」を言った。

急いでターミナルビルへ入るとゲート番号を表示するモニターへ目をやった。

上から下までズラリ「DELAY」の文字。二時間前の便もまだ出発していない。

——なんなの、これ。

イスはもう全部埋まっている。ひとまずお客様を一カ所に集めておいて、チェックインカウンターへ急行、係員に説明を求めた。

管制係員のストライキだという。バスから荷物を運んできたポーターも一緒に困ってくれている。チェックインは一時中止、飛行機もいつ飛ぶかわからないという。

とりあえず荷物はカウンターの内側に置かせてもらい、私はお客様のところへ説明に戻った。チェックインの係員は〝いつものことだ〟という態度で、バールへお茶を飲みに行ってしまった。

イタリアの空港がストライキで麻痺することは珍しいことではない。私自身、数年前に経由地モスクワで、行き先のローマ管制のストライキのため三時間足止めを食ったことがある。今回も三時間程度で解決するとしたら、あと一時間か。早く動けと念じながら待つしかない。

一時間待っても運航開始の兆しは見られなかった。バラバラではあったが、お客様にはなんとか腰掛けてもらって待った。私は何度かチェックインカウンターを往復したが、そんなことは何にもならなかった。

次第にイライラが募る。できれば隠れていたいのだが、一定時間毎に離れ離れのお客様の間を行き来きし、ちっともわからない情況を案内するしかなかった。どのお客様も口調こそ穏やかなものの、目では「どうにかしてくれ」と訴えている。

こちらだって、できることならどうにかしたい。航空会社のストライキならすぐに他社便に乗り換えるのだが、空港そのものがダウンしている状態では打つ手がない。

「すみません。情況は変わりません。しばらくお待ちください。すみません」

謝って回る間にも、次々とフライトキャンセルのアナウンスが入る。私たちの便もフライトキャンセルが決まれば、ホテルの再手配をするか、さもなくば空港に泊まらなければならない。

「申し訳ございません。まだ動きそうにないです」

国見のところへも謝りに行った。この男の視線がもっとも嫌だった。まさかこの男が管制のストライキを扇動しているのでは、とさえ思った。

「飛ばなかったら、どうなるんですか?」

とてもシンプルな質問だ。もうジタバタしても仕方がない。Aチームだろうがなんだろうが、開き直って本音でやるしかない。

「ローマでもう一泊するか、あとはできるだけ当初の行程に沿った旅行になるよう再手配をいたします」

旅程管理。私たち添乗員の主たる業務のことだ。何事もなければ、この業務を意識することはない。手配さえキチンとされていれば、別に特別な管理などしなくても旅行は進んでゆくものだ。

「ロンドンのスケジュールは、大幅に変更されてしまいますかね」

「もし、ここで一泊しなければならないとしたらその分ロンドンは減ります。その場合でも、観光の場所はできるだけカットしないようにしたいと思います」

厳密にいえば、今回のような募集の旅行はお客様との消費契約なのである。パンフレットに記載されているすべてが約定の条件となるから、変更が生じた場合は契約の相手方、すなわちお客様から同意を得なければならない。

「どちらかロンドンで、特に楽しみにされていたところがおありですか？」

「いや、そういうわけではないんですが、計画どおり回れなくなるとどうなるのかなぁと思って」

「申し訳ございません。もう少し待ってみたいと思います。もう一度訊いてきます」

やはり変更保証金のことを持ち出さなければいけないか。

募集パンフレットに載せた観光スポットを回れないとか、泊まるのが約束のホテルと違う、といったような約定の旅行サービス提供できない場合、旅行会社は変更保証金を支払って条件を変更することができる。言い換えれば、パンフレットどおりのツアーにならなくても、保証金を払えば許されるという意味にも取れる。だから私は変更保証金の話はできるだけしたくなかった。

お客様だってそんなことは望んでいないだろう。とりあえず、空港のイスに黙って座っている状態からなんとか抜け出したいのである。私だって、できればすぐそうする。

「いつまで待たせるつもりだ！　いったいどういうつもりかね！」

あるお年を召したご主人が、少し声を荒げてやってきた。

――ついに来たか。

「お待たせして申し訳ございません。お話したとおり空港管制のストライキでございますので、どうしようもございません。できることなら私も早くロンドンへ向かいたいのですが、今はこへもう一泊するか、もっと待つか情況を確認しているところでございます。もう少しお待ちいただけないでしょうか」

まだ私は冷静を保っていた。飛行機の遅れなら、最高ニューヨークで十二時間を経験している。これくらいなんともないと自分に言い聞かせる。

「だいぶ混み合っていますので、どうぞお掛けになってお待ちください。情況がわかり次第お知らせにまいりますので」

騒いでもしようがないのに、このように騒いでしまう人はいつでもいる。こんな場合、正論を持ち出して本気になって相手をしてはいけない。他に飛び火しないよう厳重に注意を払うだけだ。

しかしお客様が怒り出すのも無理はない。正常にいっていれば、もう離陸を済ませている時間だ。待ってもあと一時間が限界か。お客様のガマンも持たないだろうし、それ以降の便に振り替えられても、時間帯が中途半端できちんとした夕食が摂れない。

――そろそろ、決めなくては。

誰に相談することもできない添乗員は孤独な仕事だ。

いずれにしてもローマ支店に連絡をしなくてはいけない。誰かが応援に来てくれるかもしれない。こんなことなら清水さんの携帯電話番号を訊いておけばよかった。

私は次に何をしなければならないかをものすごいスピードで考えた。

そのとき、立て続けにアナウンス放送が入り、にわかにターミナル内の人がざわざわと動き出した。

近くにいた警備員らしき人に訊くと「ストは解けた」そうだ。

私は時計を見る。これで決まった。このまま続行だ。

チェックインと、どの程度の遅れになるかを確かめに、アリタリア航空のカウンターへ走る。

お客様への案内はそれからだ。

すでにどのカウンターも、チェックインを待っていた人たちで長い列ができていた。私は数時間前に荷物を預けた係員を見つけてグループチェックインをしてくれるよう頼んだ。

フライトの遅れやキャンセル、あるいはゲートの変更を告げるアナウンスが盛んになされている。空港はものすごい混雑ぶりだ。

係員が戻ってくるまでの間に、モニターでゲート番号をチェックする。チェックインが済んだら、すぐにゲートへ移動しなければならないから……。

そのとき私は本当に砂袋か何かで、後頭部を殴られたような衝撃を受けた。

AZ208　17:05　LONDON　FLT　CNCEL
最初、一瞬頭に血が昇って、直後、一気に血の気が引いた。危うく倒れるところだった。

欠航が決定している。ついさっきまではDELAYの表示だったのに。

――お客様にはなんと言おう。

三時間以上も待たせた上でのフライトキャンセル。これ以上ない最悪の結果となった。

私の判断ミス？　予測するべきだった？

確かにストが解除にさえなれば、私たちはロンドンへ行くことができると思い込んでいた。

それは旅程管理を執る添乗員には、甘すぎる判断だっただろうか。

冷静に戻るにつれ、事の重大さが身に迫ってきた。対処の方法は頭にいくつか浮かんだが、どれもそのとおりに行きそうになかった。頭でだけ知っている知識は、こんなとき全く役に立たない。

まず、今の情況をお客様に知らせる。怒鳴られるか、落胆されるか、質問攻めに遭うか、ブン殴られるか、いずれにしても気の進むことではない。

私としてはなんとしても今日のうちにロンドンへ着きたい。遅くなっても今夜のうちに向こうへ着いておけば、明日の朝、行程はオリジナルに戻る。今夜ここへ泊まるようなことになれば、明日も行程はまだズレたままだ。遅れの挽回には、できるだけ早く取りかかりたい。いったい何時の便に振り替えられるか？ それとも振り替えはナシか。そうなったら私一人ではもうどうしようもできない。

お客様を一カ所に集めて情況を簡単に説明する。

「私たちの乗る飛行機は欠航が決定しました。ついては代替便でロンドンへ向かうか、ここでもう一泊して明日ロンドンへ発つか、二つに一つをこの一時間ぐらいのうちに決定します」

もはや大きな声を出すお客様はいなかった。皆の前では、たいていはおとなしくなるものだ。だが、誰かが口火を切ると、あらぬ事態に発展していくから、お客様を集めたときは、十分に注意しなければいけない。

私はひとまずほっとしながら、次に電話をかけに行った。

予想はしていたが、ローマのオフィスもロンドンのオフィスも、誰も出なかった。虚しく留守電がメッセージを告げるだけである。

とても嫌な予感がした。どこにも連絡がつかないというのはとても不安なものである。どちらかの支店でこの事態を摑んでいるだろうか。私たちは誰からも忘れられ、漂流しているのではなかろうか。

あまり気が進まなかったが、ローマの緊急連絡先へ電話をしてみることにした。オペレーションファイルに記されているローマ支店の責任者へ直接つながる。いれば七畑マネージャーのはずだったが、日本に出張中なので知らない人だった。

最初は携帯に、次に自宅の番号にかけた。どちらも留守電になっている。

——どうなってんの、ローマは。

呪いの言葉が口をついて出る。

すべて悪いほうへ悪いほうへと流れてゆく。孤立無援。誰か手を貸して！

再び航空会社のカウンターに行って、私たちの乗る飛行機を探してもらう。こうなったら、できるだけ早くローマを離れたい。

マドンナに似たいかにもイタリア女性といった感じの係員は、ＣＲＴを見つめながらキーボードをせわしなく叩いていたが、やがて「申し訳ない」という表情になった。この表情は世界共通である。

早口の英語は聞き取りにくかったが、聞きたくない内容のことだった。もう一度ゆっくりシンプルな英語で言ってもらう。

最初の聞き取りで間違いはなかった。代替便は確保できない。

今度はこちらができるだけゆっくりと、そしてハッキリ、私たち十九人全員が今日中に何がなんでもロンドンへ着かなければならない事情を説明した。

係の人はこのあともキーボードを激しく叩いてなんとか空席を探してくれた。しかし出てきたのは最終的にたったたの四席だけだった。

万策尽きる。

便をスプリット（分割）して移動するわけにはいかない。しかも日にちも変わってしまうなんて。

私はもう泣きそうだった。

〈移動日。乗る便は欠航。代替便はナシ。泊まるホテルの予約はロンドン。そしてここはローマ。なおかつ私たちはツアー中の団体で十九名。誰にも連絡がつかない〉

私は電話のところへ戻って自分の手帳を出した。八時間を足すと、今の日本は夜中の二時を回っている。電話をするには非常識な時間だ。

きっと許してくれる。そう思いながらボタンをプッシュする。一回、二回、………、十二回鳴らしたところで相手が出た。

「もしもし森岡さん？　コズエです」

森岡はもちろん寝ていた。

携帯電話が普及してからはめったに鳴ることがなかった家の601号電話機が、深夜の部屋にけたたましい音を立てて鳴った。

気付いて二回ですぐ出たと思う。つながった瞬間に「ピッ」と小さく鳴る国際電話独特のマーカーを聞き逃さないほどに森岡の意識ははっきりしていた。癖で時計を見る。ヨーロッパなら夜。アメリカなら午前中ってとこか。いったい誰だ。

「もしもし森岡さん？　コズエです。ミクニコズエです。今ローマです」

言われて、そういえば三国梢のツアーがヨーロッパを回っていることを、森岡はこのとき思い出した。

「なんだ、どうした。何かあったのか。お客さんか？」

「いいえ違います。お客様は全員無事です。でも、動けないんです。フライトがキャンセルになって。森岡さん、私、もうどうしようもできません。私できません」

私は視野がぼやけ声が詰まりそうになった。認めたくないが、森岡の声を聞いたからに違いなかった。

「飛行機が飛ばないのか？　エンドースは？　現地のアシストは来てないのか。何でだ？　よくわからないから、落ち着いて話して」

「私、もうどうしようもない。Aチームもいるのに私のツアーがこんなにめちゃくちゃになって……。もう空港に泊まるしかない」

「何バカなこと言ってんだっ!! おまえ一人なら空港でも駅でも好きなところに寝ればいいが、お客さんがいるんだぞ。おまえは添乗中なんだぞ。そんなことになったとき、どうにかしてくれるのが添乗員なんだ。やっと今から仕事が始まるとこなんだぞ。そんなときにメソメソしてて、どうなる! いいか、最低でもそんな顔、お客さんに見せるな!!」

森岡に電話して涙目になっている自分が、もうバレている。

「電話代もったいないから、早く話しなさい。どういう情況なの? こっちは夜中の二時だよ」

「……すみません。こんな時間に電話したのは謝ります。フライトがキャンセルになったんです」

私は涙を飲み込み、鼻の奥のツーンとした感じをなんとかこらえて話し始めた。急にお客様に見られてないか気になりだした。

「ローマからロンドンへ向かう夕方の便です。フィウミチーノへ着いてわかりました。空港管制のストとかで四時間くらい閉鎖になりました。今はもう飛んでますが、かなりの便がキャンセルになって予約が繰り下がってきました。今日中の便で席が確保できるのは四席だけ。全員乗れるのは明日の午前中までないって。もう、お客様は空港で三時間もお待たせしました。この上、もう一泊なんて言ったらどうなるか……。それにどこへ泊まったらいいかわかりません」

「便は何？」

「アリタリアです」

「ああ……。ホテルの提供はなかったのか？」

「アリタリアの責任じゃないからダメですって。十八名もまとめて泊まれるホテルがなかったらどうしよう」

私はまた涙声になってしまった。森岡が事態の悪さを理解してくれているのが、声のトーンからわかった。同じフライトキャンセルに遭遇するにも、悪い条件がこれ以上なくいくつも重なっている。

でも少しの言葉を交わしただけで、事の重大さがしっかり伝わり、受け止めてくれる人がいたということの安心感で、涙声になってしまったというところもあった。

「ローマの支店に手配を頼め。清水さんがいるだろう？」

「もう何回も電話しました。ローマもロンドンもオフィスには誰もいません。緊急連絡先はすべて留守電になってます。全く役に立ちません。森岡さん、清水さんの携帯番号わかりませんか？」

「今はわからないな。会社に行けばわかる。これから行ってくるから、三十分後に会社の隠し番号に電話をよこせ」

「ほんとですか？　今、夜中じゃ……」

森岡が比較的会社の近くにワンルームを借りているのを私は知っていた。言いながら少し期待している。

「そうだ。今は夜中の二時だ。だからこっちではあと六時間は動きがとれない。おまえがそこでどうにかするしかないんだ。まずもう一度アリタリアのカウンターへ行って便に空きがないか確認しろ。ダメだったらすぐに泊まることを考えるんだ。到着ロビーに行けばホテルのレップ（予約所）がたくさんあるはずだ。そこで人数分の部屋を確保しろ。いいか？　選ぶときは空港までの送迎バスを出しているホテルにするんだぞ。そうすればトランスファーの手配が省ける。できるだけ空港近くがいい。しゃべれなかった書いてやれ。部屋が取れたら、あとはすぐにロンドンのホテルに直接電話して今晩の分はキャンセルするんだ。できるだけ早いほうがいい。そしたら会社へ電話をよこせ。いいか、今からきっかり三十分で今言ったことを全部やるんだぞ。できるか？」

「……わかりました。やってみます。でも今夜の分、そんなにワーキングファンド持ってません」

「当たり前だ、そんなの全部インボイス（請求書払い）にしろ。心配するな明日の朝でもできる。余計なこと考えなくていいから、さっさと取りかかれ。問題が生じたら次の電話のときに話せ。お客さんには今自分が何をしているのかちゃんと説明するんだぞ。それから見通し時間も。おまえよりお客さんのほうがよっぽど不安なんだ。あたふたしててどうする。しっかりやれ。簡単なことだろう、ホテルの部屋を取るなんて。ものの五分とかからない。どんな格好してるかわからないけど、おまえはどこから見ても添乗員だ。しかも東洋人にしか見えない。ホテルのレップだって、航空カウンターだって、日本からのグループがフライトキャンセルに遭って困っていることは見ればわかるよ。同じツーリズムで働く人間だもの、いちいち説明しなくてもこんなときツアーがどう動くかなんて皆知っている。助けてくれるはずだ。おまえは初めてかもしれないが、皆はもう何回も経験してることなんだ。やってみな、すぐ済むから。いいか、三十分でやるんだぞ」

森岡はイラついたときによくやる、ものすごい勢いで一気にしゃべった。いつもどおり私はもう「おまえ」呼ばわりである。

しかしこのことは、いっぱいいっぱいになっていた私を多少正気に戻した。普段から抱いている森岡への反撥心が、冷静な自分を呼び覚ました。

「わかりました。全部カタをつけて、三十分後会社に電話します」

「健闘を祈る。こっちサイドでもできることはやる」

電話は向こうから切れた。もう次の行動に移ったのだろう。私は時計を見た。こちらもうかうかしてられない。

言われてみれば、やるべきことは実に簡単だ。一旦どうしたらよいかつまずくと、とめどもなくわからなくなるが、やるべきことが見えると、私にもできる簡単なことだった。

森岡の負託に応えるというよりは、自分を取り戻す意地のようなものだ。忌々しいとは思ったが、森岡に言われたとおりにやった。冷静に考えると、それ以外にやりようがなかった。お客様への説明では、もはやクレームも出なかった。早くどうするのか決めてほしかったのだと思う。

少し前の自分が信じられないほど、私は三十分の間にたくさんのことをした。何をあんなに臆病になっていたのだろう。そんな暇はなかったはずなのに。もしあのとき森岡に電話をしていなかったらどうなっていただろう。

ロンドンのホテルとレストランにキャンセルの電話を入れる。夕食はおおかた準備ができていただろう。シェフには悪いことをした。どちらのキャンセル料も、できるだけ安く済めばいいが。

これほどのスケジュールの乱れで難航が予想された空港近くのホテルの予約は、思っていたより簡単に取れた。森岡の言ったとおり係の対応は手慣れたもので、バスの手配に関しては向こうから言ってくれたくらいである。案ずるより産むが易し——現場ではこれが鉄則だ。古くから言い継がれ廃れない言葉には、やはり真理が含まれている。私ははっきりと理解した。

先ほどの電話からちょうど三十分が経過している。ホテルの連絡バスが来そうだったので、私は急いで仙台の支店に電話した。

森岡はすぐに出たが、別の電話もしているようだった。いつものように二つの受話器を左右の耳に当て、送話口を上げたり下げたりして話しているのだろう。感度が高くなったり低くなったりする。

「コズエちゃん、ちょっと待ってて、こっち終わらせるから」

「はい……」

私が返事を返す前にもう別の電話に出ていた。

「悪い悪い、終わった。で、どうなった？」

「ええ、うまくいきました。言われたとおりでした。すんなり決まってしまって。もうホテルのバスが来ます。ありがとうございました」

「だろ。清水さんに電話したらローマにはいないって。別のグループの件でナポリにいるらしい。代わりにマリオって男の子をよこしてくれるそうだ。日本語もペラペラだってさ。もうそっちに向かっていると思うよ」

「ありがとうございます。助かりました。バスのほうが早ければホテルに直接来てもらうことにします」

「そうだね。マリオと、あと一応清水さんの携帯番号教えておくよ。これでＯＫだ。もう帰って寝直していいかな？」

私はカバンに括りつけてある日本時間の時計に目をやった。午前三時〇八分。

「森岡さん、ほんっとにすみませんでした。今までのこと全部謝ります。私とっても生意気でした。一人じゃ何もできないのに……」

「もういいよ、俺はもう帰るよ。ほら、もうバスが来るよ」

「森岡さん、あした休みですか」

「いいや、仕事だよ」

「すみません、もうあんまり寝る時間ないですね。私のためにひどいことになって……」

「だから、もういいよ。帰ってきたらゆっくり話そう。それよりマリオ君と清水さんにはきちんとお礼をするんだぞ。最後までしっかりやってこい。気を抜くな。おっかなびっくりやってると、その気持ちはお客さんまで伝わる。そうするとツアーのコントロールが利かなくなる。堂々とやってなさい。ナメられたら終わりだぞ。ツアーのことは君が決めるんだ。もう切るぞ、ガンバレよ、じゃ」

またしても向こうから切れた。国際電話はできるだけ短く済ますのが私たちの会社のルールだ。森岡はこんなときでもルールどおりに事を進める。

言いたいことがうまく言えなくて、スッキリしない気分のまま、私は教えられた番号へ電話をし、マリオには直接ホテルへ来てくれるようお願いした。

お客様を集め、今後のことを詳しく説明する。今回のことがこの程度で済んでいるのは、私がお客様に恵まれていたのが一番の理由かもしれない。全員の顔を見てそう思った。

## 私は救われた

バスがホテルへ着くと、マリオ（らしい人物）はもう来ていて、部屋の鍵を振り分けていた。すでにリストを持っている。オフィスに寄って私のツアーのファイルを一式持って来ているようだ。

挨拶もそこそこに、夕食の手配を確認する。ロンドンで食べるはずだった夕食はこのホテルで摂ることになってしまった。急なことだったので、人数分同じメニューに揃うかどうか心配だったが、マリオの事前手配は素晴らしく、ホテル内のレストランに専用ブースまで用意して、同じメニューの夕食を八時半開始で予約を入れていた。もちろん費用のインボイス処理も済んでいて、ホテルに着いてからの私の仕事は半分以下に減っていた。

知らない土地で、初めて会った人にいろいろ骨を折ってもらえるということは、ものすごく感動する。サービスとかホスピタリティという言葉の本当の意味を体感する一瞬だ。

鍵を配り、再集合の時間を告げ、解散。森岡との電話を切ってからホテルのチェックインまで、突風のように時間は過ぎた。

「コズエサン、ビックリシマシタ。シミズサンカラ、デンワモラッテ、ヒコウキ、トンデナイッテ」

「マリオ、本当にどうもありがとう。とても助かったわ。私、もうどうしようかと思っちゃったけど。ディナーの手配までマリオにやってもらって、私の仕事がなくなっちゃったわ」

ピピピ、ピピピ、短い呼び出し音でマリオの携帯電話が鳴った。

「プローント。……ア、モシモシ、シミズサン。――イマココニイマス。――ダイジョウブデス。ゼンブインボイスニシマシタ。――エエ、――エエ、――ハイ。ハイ、カワリマス」

マリオが電話をこちらによこす。

「シミズサンカラデス」

「あ、もしもし、ミクニです。この度はいろいろお世話になりまして、本当にありがとうございます。なんとか落ち着きました。一時はどうなることかと思って、だいぶ慌てましたが助かりました。ありがとうございました」

「サンキュー、マリオ」

電話を返す。

「シミズサン、ナンテイッテマシタ？」

『ボクが空港に行きたかった』って。でもマリオにも迷惑かけてごめんなさい。今日はもう仕事終わりなんでしょ？」

「ボクハ、マダデスヨ。コズエサンモ、マダデショウ？」

「え？　わかる？　実はチケットがそのままなの」

「クウコウイキマショカ。アシタノフライト」

「マリオ、ホントにいいの？　優しいのね、ありがと。感謝する」

イタリア語を話すイタリア人を味方に付けたのだから、もはや何も怖いものはない。明日のロンドン行きのできるだけ早い便に十九席、無理矢理でもねじ込んでもらおう。


空港近くのホテルのベッドに私は横たわっている。ここはついさっき予約したばかりだ。今夜寝るところがちゃんとあるということは、なんと素晴らしいことか。

今こうしながら思い返すと、今日一日は本当にものすごい勢いで過ぎた。正確に思い出すと、わずか半日の出来事だ。空港に着くまではいつもと変わらない普通の周遊コースだったはずだ。空港に着いてからというもの、私は無数の方策を考え、電話やカウンター越しに幾多のコミュニケーションを交わし、何十通りものお客様への説明を考えた。文字どおり、頭と身体をフルに動かしながらなおかつ待った。

ベッドに横になってゆっくり考えると、とても不思議な情況だったと思えてくる。いつでも冷静でいられると思っていた自分は、実は、そうはできない、あっけなく、そのことがわかった。そしてチームワークの大切さとありがた味。たとえ単独で行動していても、支援してくれるチームがあることが、こんなにも心強いこととは気付かなかった。チームワークは気持ちのつながりだ。言葉を交わさなくても通じ合う、生半可じゃない気持ちのつながり。ケンカしたり怒鳴られたり、口をきかない日が何日も続いたり、今までのそういう日々を乗り越えて、このチームワークは醸成された。そして今日、生まれて初めて接した人の心の機微。

あの情況で発せられた、たった一言。発した人の周囲の心配りと深い読み。私にはあれが偶然のタイミングだったとは絶対に思えない。

臨時でアレンジした今夜の夕食は、急場にしてはまともだったが、本来はロンドンの有名レストランで食べていたはずのディナーが、ローマの空港近くのホテルレストランで即席に用意されたものになっている。お客様は不満を持っているだろう。はっきりとしたクレームになってこないのが、かえって心理的にはつらい。できれば部屋でピザでも食べていたかった。食事に先立って、行程の変更に関するお詫びと、変更後の行程を話した。質問も意見も出なかった。これで了承されたと考えてよいのだろうか。

食事は粛々と続く。誰か何かを話してほしい。とてもいたたまれない気分だった。

原因が自分でないにしても、私はこの行程を変更した張本人。お客様以外のツアー参加者は私しかいない。この場で私からへらへらとしゃべりだすのはいかにもわざとらしくて、黙ってフォークを口に運ぶしかなかった。

「いや、こんなこともあるんですねぇ。飛行機に乗れないなんて」

最初に会話を始めてくれたのは、他ならぬあの国見だった。ツアーのメンバー全体に聞こえるように、食事も一段落ついた絶妙のタイミングを計って。

「ほんとですね。急にホテルを取ったりキャンセルしたり、添乗員さんも大変だったでしょう」

それを受けて、私に振ってきたのは由塚さんである。

「でも、映画みたい。予定どおりにいかなかったところから別のストーリーが始まるとか」

「そーねー、そういう展開って、いいわよね」

ＯＬ二人組みも軽いノリである。皆、今日のことについて、いろいろ話したかったのだ。

私はキョトンとして、皆の顔を見回すしかなかった。予想外の反応についていけなかったのである。

近くに座っていた新婚カップルからも質問が来る。

「こんな外国で、しかも急に、人数分のホテルの空きなんて、どうやって探すんですか？」

「え、ええ。今日はもうローマ支店が閉まっていましたから、自分でやるしかありませんでした」

「イタリア語もおできになるの？　語学ができるといいわね」

「いいえ、できません。単語だけ並べたような英語です。今日の便に全員が乗れないと決まったとき、必死でした。泊まるところだけは探さなければと……」

半ベソかきながら森岡に電話をしていたのは秘密にする。私は皆から励まされ、やっとのことでここまでやったのに。


こんなことでもなければ、おそらく一生泊ることのなかったホテルのベッドに仰向けになり、あまりにも忙しく過ぎた今日の午後からのことをゆっくり思い出してみる。

結果的にはうまくいったので、さっきまでつらかった自分の立場も比較的冷静に思い出すことができる。夕食を食べ始めたときと、食べ終えたときの、まったく正反対の自分が夢のようだ。

あそこで国見の一言がなければ、今こうして一日を振り返る元気もなかっただろう。

きっと国見は間違いなくAチームだ。私よりもはるかに多くの経験を積んだ、添乗員の大先輩だと思う。あのとき私が、どんな気分で夕食を食べていたか、国見にはお見通しだったのだ。自分の判断が間違っていたのか。それをお客様がどう感じているのか。私は億劫になって、その場の空気が読めていなかった。

私の気持ちを察してくれていたからこそ、国見はあの一言で、固まりかけた場の雰囲気を、見事に融解させた。

本当は私の役目だったのだろう。今思えばそんなことはすぐ気付く。〈楽しいツアー〉の進行役は、私のはずだ。

落ち込んでいる私を見て、査定するAチームの職域を越えて助け船を出してくれた。相応の経験を積んでいても、場の雰囲気を正しく読むのはかなり難しい。そこへもっとも有効な一言を投げ込むことができるのは、やはりその道のプロだ。

そのあとにすぐ、一人参加だった由塚さんが続いたのも私には意外だった。今までの経験からは、ある程度年齢のいった女性の一人参加は、独りの時間を大切にし、団体で行動したり、一緒に食事したりするのをあまり好まないはずなのだが。

夜も更けてきた。今晩と、ロンドンでもう一晩眠れば、この旅行はもうおしまいである。

Aチームの実体を明らかにしたいという気持ちは今も変わらない。だが、国見佑輔という人物に対する、少なくとも敵愾心のようなものは急速に薄れていった。

帰国までにケリをつけようと決心した三つのこと。それは私にとって荷が重すぎた。あと二日半で、どこまで解決できるやら。すごろくで、「あがり」直前に「ふりだし」に戻ったような状態である。

一つ一つ時間をかければ、きっと解決できるだろう。焦ってチャンスを潰したら元も子もない。そのために今夜はもう寝なければ。枕元に置いたワールドクロック・カードのアラーム表示をもう一度確かめて、私は明りを消した。

翌朝、マリオはわざわざ空港まで見送りに来てくれた。曰く「また遅れるといけないから」ということで。

ロンドンまでの二時間四十分、私は国見の隣に座った。わざとそうした。今までと違った意味で、何かを話してみたいと思った。

「せっかくのお楽しみのロンドン滞在が短くなってしまい、申し訳ありませんでした」

「覚えてましたか。でも最初の一晩だけなので、あまり影響ないですね。それにしてもめったにない経験をしました」

「正直言って私もです。当日の夕方になって宿泊地を変更するなんて、そうそうあることではありません。それに今回は時間がなさすぎました」

「ほんとですね。やっぱり空港に着くまでわからなかったのですか？」

「ええ、そうです。ホントどうしようかと思いました。でもどうにかなるものですね。運もよかったですが」

「運も能力のうちですよ。ない人にはまるっきりない。それから、うまく使えない人もいる」

「耳が痛いです。できるだけ活用できるようにします」

これはAチームからのアドバイスだと思った。すなわち、会社の特別査察部品質管理チームからの私に対する評定。

「ロンドンでは、何かお約束がありましたか？　観光スポットはできるだけ予定どおり回るようにします。順序は若干前後するかもしれません。明日も予定どおりウィンザーへは行きたいと思っています」

「帰国便は夜だから、時間はありますね。ロンドンでは少し買物がありますが、時間を見ながら、すぐ済みますよ」

さすがだ。帰国までの行程を細かいところまで把握している。

「よく説明したつもりですけど、今回の予定の変更を、皆様どのように思われているでしょう。きっちり予定どおりいかないと、気の済まないお客様もおられるようですが」

「私に関してはまったく問題ありませんが、他のお客さんたちも大丈夫じゃないですか。めったにないことでかえって面白かったと、ＯＬさんたちも言ってたじゃないですか」

　これが職業上の発言でないことを祈る。

「だといいんですけど。残りの実質一日で、なんとか挽回しないと」

「この先何が起こっても、たいていのことではもう驚きませんよ。添乗員さんがどうにかしてくれると、皆思ってますから」

「責任重大だわ。もうこれ以上何も起こらないことを祈るしかありません」

「そうですね」

　普通に話してみると、普通の人だ。何もおかしなところはない。当たり前か。今まで私が勝手にこの男性のイメージを作り上げていたのだから。

　もういろいろ詮索するのはやめよう。残りの添乗がキチンとできるよう、自分も旅行を楽しまなくては。イギリスは私の好きな国の一つだ。

　この旅行ではお客様にだいぶ助けられている。これらのご恩返しのためにも、最後まで楽しく旅行を進めよう。

## さらにロンドンでは

ロンドン・ヒースロー空港では、イギリスの入国を済ませると、まず通貨の両替をしなければならなかった。

二〇〇二年EU内共通通貨ユーロ導入以降も、イギリスだけはまだポンドが流通している。いくつかある両替窓口のうちの一つにお客様を案内する。

少し前まではヨーロッパ周遊のコースでは両替がお約束事だった。国境を越えるごとに再両替をする作業は、面倒でもあり、興味深いことでもあった。

たいていのお客様はレートについてとても敏感になる。「レートがいい」「悪い」「円高」「円安」などの言葉が口々に上る。旅行中のお小遣い程度なら、二円や三円の違いは手数料のことも考えるとないに等しい。海外旅行でもしなければ、普通の人が為替レートに接する機会なんてないのだ。

中野、浅野の両OLが先に両替を終えてきた。レシートを見ながら何か話している。

「今日のレートはいかがでしたか?」

「成田よりちょっと悪いみたい。いつもこんなもんですか?」

「いくらですか？　一一九円ぐらいでしたか？　空港はやや高めのことがあります。でも市内でも一円か二円くらいしか違わないと思いますよ」

「ロンドンって物価高いって、聞いてたんですけど」

「そうですね。モノによります。私の感じでは、東京とそんなに変わらないと思います。私は一ポンドいくらで両替したかではなく、そのお金でコーラが何本買えるかで物価を判断することにしています。日本で一二〇円のコーラは千円だと八本買えますよね。千円をその国のお金に両替して、それからコーラを買って、割算をしてみて八本買えなかったら物価が高い。コーラは世界中どこでも売っていますからね」

「それは購買力平価の考え方ですね」

智子さんが言った。

「なんですか？　それ」

「外国為替理論の一つです。ある国と国の為替相場は、その国の国内の購買力の比率、つまり購買力平価によって決まるという考え方です」

「何だか難しいお話ですね。経済学者のような」

「トモコは経済学部だったからね」

中野さんが説明してくれた。

「驚きました。実際に外国でお仕事をする方は学説も感覚で理解していらっしゃるのね。かなわないわ」

「私、何かすごいことしてましたか?」

皆で笑っているうちに、両替も大方終了したようだ。

本来なら身軽な格好でのロンドン見物のはずだったが、前夜までにロンドンへ着くことができなかったため、私たちはまたまた荷物をバスに積んだままの観光になってしまった。

だが、ローマではきちんとホテルへ泊まることができたので、発つ前にどっさり買ったブランドみやげは、スーツケースに収めることができた。

ロンドンへ着いたらホテルへ寄らず、すぐに観光することはしつこいくらい案内しておいたので、カメラやビデオやフィルムをスーツケースに入れたままにしているお客様はいなかった。

このあたりの先読みを誤ると、大変なことになる。

しかし傘のことまで言及しなかったのは迂闊だった。スペインもローマも汗ばむくらいの陽気だったので、せっかく持ってきた雨具はスーツケースの奥深くしまってあることだろう。私自身、天気のことまで頭が回らなかった。

ロンドンは、この季節らしい重い灰色の空模様である。雨が心配だ。

ここにも素敵な美術館や博物館がたくさんあるが、今回はそれらのどれにも行かない。ロンドンは主に車窓観光だ。まったく無意味な行程だと昨日の夕方までは忌々しく思っていたが、今日の天気ではそれもありがたい。

天気はなんとか持って、テムズ河畔ではパーラメントをバックに写真を撮ることができた。希望をとったら残りの時間はショッピングということになり、時計を見ると一時間は買物ができる。

すぐにバスをナイツブリッジへ回し、ハロッズデパートの少し手前を再集合場所とした。お客様が買物を楽しんでる間、私は荷物を積んだままのバスを一足先にホテルへつけ、チェックインを済ませる。予め荷物を部屋へ上げ、鍵を受け取っておけばチェックインもスムーズにいくし、翌日の案内もバスの中でマイクを使ってできる。明日はもう日本へ帰る日だ。

私の中で、帰国までには結論を出そうと決めた三つのこと。そのうちの一つは変質してしまった。Aチームの存在を知りたい気持ちは今でも強いが、このままなぞにしておくほうがいいような気もする。

もちろん仕事を辞める気なんてぜんぜんない。特にこんなフライトキャンセルにやられっぱなしで辞めるわけにはいかない。森岡にバカにされるだけだ。

残るは彼との結婚。これは仕事と密接に関連している。仕事を辞めないと決めた以上、こちらを強行するわけにもいかない。相手もあることだし。結婚イコールばら色の人生でないことは、私の年齢ならもう十分にわかることだ。

——焦ると、モノが見えなくなる。

昨日の夕方、ローマの空港から深夜の森岡に電話して気付いたことだった。仕事でも人生でも、要は同じ。モノが見えなくなれば、とんでもないことをしでかしてしまう。しかし女の私が今の世の中、一生仕事を続けていくことができるだろうか。


ロンドンのホテルは、会社が契約しているいつものところだ。そこそこトラッドな造りで、何をするにも便利なメイフェア地区にある。裏の通りを越えればボンドストリートだし、前の通りからリージェントストリートを横切れば、そこはもうソーホーの入口だ。パンク発祥の地、カーナビーストリートは、そのワンブロック先にある。

仕事でも遊びでも、ヨーロッパを訪れるのは、やはりロンドンが一番多い。たいていはこのホテルに泊まるので定宿と呼べる部類に入る。

ホテル周辺の地理や、ホテルそのものの勝手をよく知っているということは、外国での仕事を大変やりやすくする。ビジネスマンがいつも同じホテルに泊まる理由もうなずける。

スタッフに顔を覚えてもらえると最高だが、そこまでいかなくともヴァウチャーを出せば、私のことはすぐにわかってもらえる。ヴァウチャーには会社の名前が入っているし、ウチの会社はこのホテルの大顧客なのだから。

そうするとホテルはいろいろな便宜を図ってくれる。迅速な荷物の上げ降ろし、深夜早朝のチェックイン・アウト。混雑時の優先的な取り扱いなどなど。添乗員の部屋にフルーツやチョコレートが入っていることもある。チョコレートはもちろん大好きだが、仕事中は優先的な扱いや、迅速なサービスのほうがうれしい。

日本からの客は、世界一進んだ日本のサービスに慣れている。同じことを頼んでも達成されるまでの時間が格段に違うのだ。これを理解していないと、旅行の印象全体が悪いものになってしまう。私たち添乗員は、各国、各ホテルで違うこのような部分を感触で確かめながら、ツアーを円滑に楽しいものへと進めてゆかなければならない。

その点、このホテルではストレスがだいぶ軽減される。私たちは、より日本的なサービスを受けることができる。一泊だけとなってしまったが、今回の仕事の最後の泊まりがこのホテルでよかった。

——さて、もう行かなくちゃ。

スコーンでも食べながら、アフタヌーンティーをしたいところだが、ナイツブリッジへお客様を迎えに行かなければならない。待たせてあるバスをタクシー代わりにスローンストリートへ向かう。ハロッズの前はバスを停められない。

時間どおりに集まるだろうか。免税手続きなどでトラブルになってないだろうか。大型バスに一人乗ってロンドン市内を走っていると、いくつか不安が浮かんだできたが、すぐに打ち消した。ハロッズには日本人のお客様係がいるし、皆もう一人前の大人だ。

ホテルへ戻ったらまたすぐに夕食に出発しなければならない。今夜はローストビーフ。伝統的な名物料理でさよならディナーという趣向である。ドックランド地区などには、ウルトラ・モダンな創作料理の洒落たレストランも次々できているというのに、ウチのコースはいまだにローストビーフだ。コースを作った企画担当の頭の中には、イギリスの夕食＝ローストビーフという図式が出来上がっているのだろう。

それにしてもずっと洋食が続いてしまった。これくらいの長さのツアーだと、通常は途中に和食か中華を入れる。

世界の主要都市には必ずチャイナタウンがある。洋食の肉ばかり続いて、お客様から不満が出てきたときは中華料理がベストだ。炒飯やマーボ豆腐が嫌いな日本人はめったにいない。「おいしい、おいしい」といって、体調も戻るのである。

中華が食べたい気分ではあったが、塩とコショウをしこたま振りかけたローストビーフで我慢しよう。

三十六時間後には日本に戻り、好きなものが好きなだけ食べられる。それに自分はこうして好きなことを言ってられるが、お客様はメニューを選べない。まず何よりもお客様にとってよい旅行となるよう考えなければ。

さよならディナーの席ではやはりローマの最終日のことが再び話題になった。もう誰かが誘導しなくとも、自然にそういう会話ができるようになっていた。

話題の最後に私は、ロンドンの一夜にふさわしいパブ訪問を提案してみた。

思いのほか反響があり、男性客のほとんどが、女性も何名かが名乗りを上げた。

ホテルへ戻り、もう一度、明朝の出発の案内してからグループを解散した。ロビーに残ったのはパブへ行く面々である。国見もいる。ロンドンでの用事はもう済んだのだろうか。

Aチームのことをあれこれ考えていたツアーも今夜を残すのみ。いくつも練った作戦は、結局は一つも実行する勇気がなかった。チャンスはいつでもやってきそうで、つい先へ延ばしてしまった。

私のこの性格を直さないと、人生も、万事この調子でいってしまいそうだ。何事もぐずぐず考えてないで、さっさと前へ進もう。いいアイデアが浮かんだら迷わずに実行しよう。

定宿にしているホテルの近くに行きつけのパブがある。添乗で時間があるとき、ロンドン支店の人たちによく連れていってもらうところだ。場所が場所だけに観光客が多いパブだ。

今夜は……と、扉を押して中へ入ると、いつもどおり混んでいる。が、日本人のグループは入ってないようだ。あまり広くない店なので、同邦のグループが二つ三つバッティングすると、日本の居酒屋にいるような感じになる。これだとやはりつまらない。

まずカウンターへ行き飲み物を注文してみせる。キャッシュ・オン・デリバリーなので、一杯注いでもらうごとにお金を払う。

一パイントのビターを頼むとお腹がガボガボになってしまうので、ハーフパイントにしておく。干し草の臭いが強いここのビターは、日本のビアガーデンのようにグビグビいくのではなく、カウンターにもたれながらチビチビ飲むのがふさわしい。

初めてのお客様に注文の介添えをしてあげていると、国見は慣れた様子で勝手に何やら特別な飲み物を注文したようだ。店員が別のポンプから一パイントのグラスになみなみと注いでいるのは、スタウトの一種だろうか。

これまで挑発しているように思えた彼の態度の数々は、単に私が知らないだけのことだったのかもしれない。出発の日の朝、私は成田エクスプレスの中で、一つの根拠のない考えにとらわれてしまった。森岡や他の皆から、余計なことは考えるなと再三忠告されたにもかかわらず、それらを無視して突っ走ってきた。

ローマでの事件がなければ、ここでこうしてビターを飲んでいることもなかったろう。正体を暴けなくて焦った私が、余計なことをしてツアーを自らめちゃくちゃにしていたかもしれない。そうなれば本当に私は添乗を降ろされる。

森岡たちは、実はそちらのほうを心配していたのではないだろうか。忠告してくれた誰もが、私の性格をよく知っている人たちばかりである。今回のツアーは途中で大きな変更を余儀なくされたが、私の心の中はもっとめまぐるしく変化した。いつもの添乗より五十倍は疲れた感じがする。

思い込みや見込み違いでとんでもないことになりそうなこともあったが、お客様の協力と各部署のバックアップによって、私は無事にここまで来ている。このことは過ぎてみないとわからない。そして意識して振り返らないと気付かない。一般的に、自分のツアーをあとから客観的に見ようなどとしないからだ。

いい気分になってホテルへ戻る途中、裏通りの信号機のない横断歩道を渡ろうとすると、一台のベッドフォードのバンが通りかかった。通り過ぎるのを皆で待っていると、バンは横断歩道の手前で止まった。通りにはその一台だけしか走ってないのに、である。

運転席に目をやると、メガネをかけたおじさんが、ニコニコしながら手で「どうぞ」の仕草をする。ヨーロッパでは、しばしば出くわす光景だ。この瞬間、私は〝ヨーロッパにいる〟と感じる。日本では横断歩道でクルマに止まってもらえることはまずない。特に私の住んでいる仙台では、教習所の卒業検定のときだけということになっている。

仙台の交通はヨーロッパのそれに比べると、言葉も出ない。交差点は赤でも二台は突っ込むのがルール（？）のようだし、下手に黄色で止まろうものなら後続車から激しくクラクションを鳴らされる。

ヨーロッパで普通に見られる歩行者をを大切にする交通体系は、私がヨーロッパの文化のほうが優れていると感じる大きな点の一つである。

——またあの仙台に戻るのか。やれやれ。

皆さんと別れて部屋へ戻る。アルコールも入ってこのままベッドへ横になりたかったが、強烈なベッドの誘惑を振り切ってバスルームへと向かった。

熱いシャワーを最強にして浴びる。痛いくらいだ。

——疲れた。

思わず口をついて出た言葉は、半分以上本音である。そして言葉の本当の意味は「安心した」という意味でもある。情況が逼迫しているときは、疲れなんて感じない。十分に余裕があるからこそ、言える言葉なのだ。

シャワーを徐々に温《ぬる》くしてゆき、冷たいと感じるギリギリのところに調節した。背中を向けて滝に打たれる修行僧のように浴び続けながらメークを落とした。

少し寒くなってきたが、我慢してその温度で浴び続ける。もうちょっと頑張れば完全に目が覚める。

かなり寒くなったところでシャワーを止めた。ホテルの大きくふかふかのバスタオルにくるまると、とても暖かく感じる。小学生の頃、プールから上がったときのことを思い出す。服を着て明日の準備を始めようとすると、部屋の電話が鳴った。

「ハロー？」

「もしもし、コズエさんですか？　由塚です。すみません遅くに」

「いえいえ、こちらこそすみません。お電話いただいてました？　皆様と、ちょっと出ていたもので」

「明日でもよかったんですけれど、早いほうがいいかと思って」

「何かございましたか？」

「実は明日、ちょっと別行動を取りたいんです。どうしても行きたいところがあって。空港までは自分で行きます。地下鉄かパディントンからの電車で」

私は、ちょっと厄介だなと思った。

通常、旅客の離団は行程に支障が出ない限り許可するのが原則である。その間、旅程管理外の行動ということで、その旨記載した書類にサインを貰うのが普通だ。離団中の出来事には、ツアーにかけている保険が効かないことがある。

しかしこの場合、事情が異なる。明日は最終日だ。昼間、郊外の観光を済ませたらそのまま空港へ入り、夜の便で帰国である。再会できなかったらアウトだ。捜している時間はない。そうなったら私たちは一人を残して日本へ帰るしかない。

とはいえ今回はロンドンが一泊カットされたという事情もある。予定が狂ったというお客様がいてもおかしくない。難しい判断だ。

「明日は帰国日で、できれば皆様ご一緒に空港へまいりたかったんですが。もし万が一のことがありますと、皆様揃って帰国できないということにもなりかねませんので……」

「はい、それは承知してます。他のお客さんには絶対迷惑はかけません。ここから日本でしたら一人でも帰れますし、ロンドンはよく知っています。コズエさんたちより早く空港に着いて待ってます」

由塚さんの言っていることに嘘はないだろう。地下鉄の他に、空港までの電車がパディントン駅から出ていることも知っているようだ。私は瞬間的に判断した。

「わかりました。では空港で再会ということにしましょう。ホテルのチェックアウトまではご一緒ということでよろしいでしょうか?」

「結構です。ありがとうございます。それからもう一つ勝手なことをお願いしたいのですが、スーツケースはバスに積んだまま空港に持っていってもらえないでしょうか」

「それは構いません。空港でお会いできることが前提ですから。それから申し訳ないんですが、離団に関わる同意書にサインをいただくことはできますでしょうか。一応決まりなんです」

「わかりました。それは明日の朝でもいいですか？」

「ええ、それで結構です。緊急連絡先の電話番号をお知らせしておきます。私どものロンドンオフィスです。日本語で大丈夫ですから。何かあったらそこに伝言を残してください。それと、帰国便のチケットもお渡ししておきます。万が一のために。失くさないようお持ちになって、空港でお会いしたときお返しください。ヒースローはターミナル3です。それで、よろしいでしょうか？」

「わかりました、ありがとうございます。では、明日の朝。遅くにすみませんでした」

「いいえ、こちらこそ。ロンドンでは予定が狂ってしまい、申し訳ありませんでした。ゆっくりお休みください」

最後の最後に、不安要素が一つ残ってしまったが、それほど心配することでもなさそうだ。ロンドンの支店はヨーロッパ統括支店だから、人数も多いし日本と同様のサポートも期待できる。添乗員なしのツアーだってバンバン来ているのだ。

何かあったら、あったときに考えようという気になって、私は荷物のパッキングに取りかかった。

## 霧のウインザーで

ツアー最終日、私は珍しく寝坊した。昨夜の準備が意外と遅くまでかかってしまったからかもしれない。

寝坊といっても、自分の目覚ましで起きたから行動上の問題は全くない。いつもはセットした目覚ましより早く目が覚めるのだ。

お願いしていたモーニングコールも時間どおりに鳴って、今日も順調な滑り出しである。まとめた荷物を廊下に出し、私は早目に部屋を出た。好きなロンドンでは、もう少しゆっくりしたかったのだけれど。

いつもどおり、時間前に全員が揃っていた。最後の最後まで集合時間に遅れる人は一人もいなかった。由塚さんからはサインを貰うと、彼女は早々《はやばや》と出かけていった。

荷物やチェックアウト、忘れ物の確認もこれが最後である。人数を最後に確認してバスは発車だ。ベルキャプテンにお別れを言う暇もない。いつもどおりの慌ただしいチェックアウト風景だ。

「皆様、おはようございます。本日はいよいよ帰国の日となってしまいました。途中、ストライキなどにも遭って、後半は忙しい旅行になってしまいましたが、もう残すところ今日一日だけです。出発の前に今一度ご確認ください。お忘れ物はございませんか？　まずパスポート。今夜使います。これがないと、どんなに頑張っても日本へは帰れません。手で触ってご確認ください。皆さん、お持ちですか？」

私は車内の先頭でマイクを使いながら自分のパスポートを頭上に掲げる。

「はい、ありがとうございます。その他、お忘れ物ございませんか？　特にセイフティーボックスの中に貴重品を入れたままの方はおられませんか？　こちらでお求めになったおみやげ品などお忘れがちです。よろしいですか？　ご準備がよろしければ出発します」

バスはホテル前の道を進み、リージェントストリートを左へ曲がった。通りはビジネスマンの姿が多く、世界中から訪れる観光客の姿は、まだまばらのようだ。

私はスポットガイドのカオリさんとドライバーのボブを紹介し、本日の行程を改めて詳しく説明した。

ボブと相談し、午後から行くウィンザーには、高速道路のM4号線は使わず、一般道路の30号線で行くことにした。時間は少し余計にかかるが、高速道路からの眺めより、小さな町や森を抜けてのドライブのほうがはるかに楽しい。イギリスの田舎はとても魅力的なのだ。

昼食後、道路の選択が正しかったことを確信した。今の季節、郊外の町の街路樹や、途中に抜けた小規模の森の木々は見事に色付き、あるいは落葉になり、枯葉色の落ち着いたイギリスを印象付ける。ツィードのジャケットを着たショーン・コネリーが、イングリッシュ・ポインターを連れてランドローバーから降りてくるような風景である。

トイレ休憩で停まった小さなショッピングモールでは思いのほか時間がかかってしまった。トイレが混んでいたのではなく、買物が始まってしまったのだ。

これまでは観光客向けのおみやげ屋ばかりだったので、一般の人たちが買物をするスーパーなどには、やはり興味がいってしまう。おみやげ品と違い、実用的なものも多い。

私は駐車場でお客様を待ちながら、出入りするクルマや道行く人々を眺めていた。皆、ちょっとした言葉をよく交わす。全員が知り合い同士ではないと思うが、言葉を交わすほうが当然なのだろう。いつか私もイギリスに住んでみたい。できるだけ田舎の、羊がたくさんいる農場の近くがいい。イギリスならそんな願望もすぐに叶いそうである。

天気は霧雨になってきた。これがイギリス特有のミストなのだろうか。服がしっとり濡れてきた。しかし、まだ傘は要らない。

道路一面にも落葉が濡れて貼り付いている。色付いた木々の葉がワックスを塗ったように光っている。この景色なら、快晴より降りそうな重い曇りのほうが合っている。

ウィンザー城も霧の中だった。ここへも何度も来ているが、こんな霧の中は初めてだ。とても幻想的な感じで、妖精伝説はこういう土壌から生まれるのかと思った。ロング・ウォークの向こうにお城がぼんやり霞む。左右の芝生は今の季節でも青々としている。イギリスの芝生は枯れることがないのだろうか。

大きなジェット機が低く飛んでいく。ウィンザーはヒースロー空港に近いのだ。

私たちはここで集合写真を撮った。霧でウィンザー城は写っていないかもしれないが。

時間が取れたので、ウィンザーの町中で自由時間にした。場所柄か骨董や古書がたくさん売られていて、眺めているだけで楽しい。細かいレースの編物も並べられている。見る人が見れば、そのパターンだけで年代を言い当てることができるそうだ。

何人かの買物の手伝いをしているうちに日も暮れかかってきた。お店や家々の窓に明りが点り始め、一日のうちでもっとも美しい時間帯が始まる。下校途中の児童たちが集団で通りかかる。皆お揃いの制服を着て、ホグワーツ魔法学校の生徒たちのようだ。私はできるだけこの光景を目に焼き付ける。それが済むと、ヒースロー空港へ向けて出発だ。

ヒースロー空港はとても広い。ターミナルは四つもある。その中のアジア行き長距離路線が発着する第三ターミナルへと、私たちのバスは向かった。

私は時間を見ながら、日本の免税持込み範囲など、帰国に必要な事柄を車内で説明する。そしてターミナルの建物に到達するおよそ五十秒前、私はツアー締め括りの挨拶をする。ツアーの中で最も重要な挨拶だ。このタイミングは早くても遅くてもダメである。これがうまくできないと、この旅行全体が間の抜けたものになってしまう。何よりも、仕事の仕上げの部分なので、これで失敗するとあとあと気分が悪い。建物までの距離、バスのスピード、道路の混雑など総合的に判断しながら、私はマイクを持ち車内を向いて立った。

「それでは皆様、大変お疲れさまでした。いよいよ空港に到着です。あと二時間もすると皆様は日本へ向かう飛行機の中です。お忘れ物のないようご準備ください。

まだ、日本までの最後の一区間が残っていますが、皆様の前でマイクを使えるのがこれで最後となりますので、少し早いですが、この場を借りてご挨拶させていただきます。この度は当社主催の『スペイン・ローマ・ロンドン十日間の旅』にご参加いただきまして誠にありがとうございました。今回のご旅行はスペイン、ローマとも、暑いくらいに良い天気に恵まれまして、また、現地ガイドさんたちもベテランの面白いガイドさんたちに恵まれまして、そして私から言わせていただきますと、お客様にも大変恵まれまして、今日まで楽しい旅行を続けることができました。途中、ローマではストライキによって飛行機が飛ばないというアクシデントにも遭いましたが、皆様のご協力と、温かい励ましに支えられまして、なんとか無事、帰りの飛行機までたどり着きました。

今回巡ってまいりましたスペイン、イタリア、そしてイギリスは本当に少しでしたが、ほんの一部分しか観ておりません。今回のご旅行をきっかけに、ますますヨーロッパに興味を持たれましたら、ぜひまたこちらの国々においでください。ご旅行中にお撮りになりましたたくさんのお写真、そしておみやげ品などを整理しながら、ぜひこの旅行をもう一度楽しんでください。

日本はもうだいぶ寒い季節を迎えました。帰られましてもお身体を大切に、皆様それぞれのお仕事、お勉強など頑張っていただき、次のご旅行の計画を練られてください。拙いエスコートではございましたが、私も皆様とご一緒できて、とても楽しかったです。またローマでの最後の一晩は、私の添乗経験の中でも忘れられないものとなりました。ぜひまた、いつか、皆様と共にご旅行できる日を楽しみにしております。本当にありがとうございました」

拍手の中で深々と頭を下げると、バスはゆっくり左側へ寄り、出発ターミナルの建物に横付けされた。

――やった。ぴったしだ。

心の中でガッツポーズを取る。

降りようと思いボブをチラリと見ると、彼もにやりと笑い、ハンドルを握る右手の親指を小さく立てた。彼が合わせてくれたのだ。

ゆっくりドアが開く。

「では皆様、お忘れ物のないようお降りください。お降りになりましたら、恐れ入りますがバスに積んできたお荷物をカウンターまで、ご自身でお持ちくださいますようお願いします」

私が最初に降り、ボブがあとからついてきてバスの腹を開け、スーツケースを降ろすのを手伝ってくれた。

「コズエさん、ありがとうございました。無事来てましたよ。わがまま言ってすみませんでした」

「あら由塚さん。いかがでしたか？　お楽しみいただけました？」

「ええ、十分に」

ホテルを出るときには持っていなかった大きな紙袋を肩から提げている。エンジ色の大きな丸い樹のマークが印刷されている。

「由塚さん、Mulberryでお買物なさったんですか？」

「ええ、カバンとジャケットを」

「いいわー。ボンドストリート店ですか？　私も行きたかったな。あとはどちらへ？」

「ポートベローのマーケットへ。その他はいろいろと」

「ノッティングヒル・ゲートから？」

「ええ」

「ヒュー・グラントの古本屋、ありました？」

「それらしいものはありましたよ。でもよくわかりませんでした。いつもだけど、すごく混んでいて」

「そうですね。私も行きたかったわ。早く仕事を済ませて、空港のMulberryを覗いてみます。お荷物はこちらでしたよね」

荷物を引き渡すと私は車内へ引き返した。後ろのほうから座席と棚の上の忘れ物をチェックする。席に戻ったボブにチップを渡しながら握手をすると、いよいよイギリスともおさらばだ。

「Von Voyage《ボンヴォヤージ》」

「サンキュー、グッバーイ」

ステップを駆け下りるとドアはゆっくり閉まる。

「では、皆さーん、まいりまーす」

自分の真っ赤なサムソナイト・オイスターを引っ張り、ターミナル内のCカウンター、日本航空へ向かって案内する。

曜日の関係だろうか、いつもなら帰国の日本人観光客でぐちゃぐちゃに混んでいるCカウンター付近は比較的空いている。一瞬フライトスケジュールの乱れが頭を過《よ》ぎったが、カウンター係員は通常どおりの対応だ。団体でも、チェックインはこの上なくスムーズに進んだ。ボーディングパスをお客様に配り、早々に出国審査を抜ける。

税金の払戻しの必要のあるお客様に手続きの案内をし、再集合の時間を決め、解散。本当に最後の最後、お買物の時間だ。

ヒースロー第三ターミナル出国手続き後の免税売店はなかなか充実しており、イギリスを代表する高級ブランド品がズラリと軒を連ねている。値段は日本とそれほど変わりはしないものの、最後の買物時間とあってか、いつでも大盛況だ。

私はポンドが余っていたので、職場の皆へチョコレートを買った。皆へは、Aチームのことやらフライトキャンセルやらで心配をかけてしまった。チョコレートくらいで許してくれないかもしれない。

特に森岡には大変な迷惑をかけた。出発前からAチームでさんざん振り回し、途中からはフライトキャンセルのトラブル。こうしてみると、私は森岡にものすごく甘えている。あの先輩がいなかったら、私はここまでなっていなかっただろう。

素直な気持ちで、お礼と感謝の意を込めネクタイをおみやげに買っていこう。イギリスはTie Rackの本拠地だ。このターミナルにも確かショップがあったはずだ。

Tie Rackにはたくさんのネクタイが並んでいたが、いざ選ぼうとするとどんな柄がいいかわからなかった。ありきたりの無難な柄なら日本でも売っているし、奇をてらったド派手なものは着けてくれないとつまらない。いろいろ探しているとロンドンみやげにちょうどいい、ボビーの漫画がたくさん描かれたかわいいのがあった。ボビーはロンドンの、あの帽子をかぶったお巡りさんのことである。

——これがいい。これにしよっと。

ボーディングパスを見せ、クレジットカードで支払う。そういえばカードを使ったのは、日本を出発して初めてだ。しかもおみやげにネクタイを買うなんて、自分の彼にもしたことがない。

出発三十分前、再集合をかけて人数を数え終わると、例のOL二人組みが進んで出た。

「コズエさん。今回は楽しい旅行をどうもありがとうございました。これはその感謝の気持ちの、私たち有志からのプレゼントです。ローマでのことは、私たちも一時はどうなることかと思いましたが、添乗員さんがついていたので安心でした。今では一番面白かった思い出です。これどうか受け取ってください」

「今、ここで選んだものなので、趣味かどうか……、よかったら使ってくださいね」

私はびっくりして声も出なかった。

二人のOLを代わる代わる見て、それから全員を見回した。

「ほ、ほんとですか？　ありがとうございます。本当にうれしいです。こんなこと初めてです。本当にありがとうございます」

私は泣きそうになりながらお礼を言った。こんな話は聞いたこともなく、本当に感極まってしまった。


ＪＬ402便東京成田空港行きは、ロンドン線にしては珍しく、本当にガラ空きだった。

一応離陸まではお渡ししたボーディングパスのとおりの席に座っていただくようご案内し、離陸後ベルト着用のサインが消えたら、空いている席どこでも自由席とした。

『乗務員はドアモードをオートマチックにしてください』

私も一応自分の席についていたが、この放送のあと、一列後方の誰も座っていない席へ移動した。並びは新婚夫婦のお客様だったので、そちらのほうが好都合だ。

カバンを前の席の下へ押し込み、ベルトをきつく締め、座席にうずくまる。飛行機は一度バックしてタキシングウェイへ出、そして自らのエンジンの力で前へ進み出した。

滑走路が混んでいるのだろう。ノロノロとしか進まない。私はいつもそうだが、救命胴衣や酸素マスクの着け方のビデオを見ながら知らない間に眠っていた。

滝のそばにいるようなものすごい轟音と、ジェットコースターを滑り降りるときの、胸がスーッとなる感じで目が覚めた。

ジャンボジェットはちょうど陸地から浮き上がり、高高度を目指して急上昇を始めたところだった。

――寝過ごさなくてよかった。

飛行機はやがて左に大きくバンクする。主翼のすぐ後ろだったが、下の景色がなんとか見えた。眼下に見えるロンドンの夜景は本当に美しい。オレンジ色に輝いている。ロンドンから帰るとき、私はこれを見ないと気が済まない。

この便は、ずっと夜を飛んでゆく。機内食の夕食を終えたら、ずーっと寝ていればよい。移動中、私の仕事はほとんどない。それに、これは日本の航空会社だ。私よりよく気が利く日本人のスチュワーデスがお客様の世話をしてくれる。

食事を終えたら、残りの十一時間で考えよう。帰国までには、どうにか結論を出そうと決めたこと。出国のときも同じ気持ちだった。あれからもう十日も経ってしまった。何も決められないまま、残りはたったの十一時間になってしまった。何も決められないまま……。

日本帰国便の機内食には、必ずといっていいほど「そうめん」が付いている。パックの中で塊になっていて、食べにくいことこの上ないのだが、ダシの効いたそばつゆはとても懐かしい味がして、私は好きだ。薬味のワサビを全部入れて溶くと、鼻にツンとくる。このような日本の味の好みは、世界的に見ればかなり独特なものだと思いながら、機内食をゆっくり食べた。

食事の最後にデザートを食べながらAチームのことを考えた。

正体を暴いてやろうと、あれほど息巻いていたのに、結局は何もできなかった。今でも国見はAチームの人間だとは思うが、ここまで来たら仕掛ける作戦もない。捨て身でズバリ正体を訊いてみるしかない。

それより私は国見に謝りたかった。お客様の一人として、他のお客様と同様に、楽しい旅行となるよう接してきただろうか。決して邪険にしてはいないが、心はこもっていただろうか。正体を疑い、それを暴くチャンスをうかがい、対抗意識さえ持っていた。

これは、本来、添乗員が持つべき気持ちではない。「走れメロス」のように、最後に心の内を白状し、素直に謝れば少しは気分もスッキリするのではなかろうか。だが、自分勝手な思い込みにすぎず、全然関係のないことだったら、一人のお客様に対して大変失礼なことをしてしまったということになる。私はとても迷った。

食事が終わってしばらく経つと、窓のシェードが下げられ客室内の照明が落とされた。映画を観ている人が多いが、私は映画は観ず、ヘッドセットを耳に当て音量を小さくして目を閉じた。いろいろなことを深く考えるには、お誂え向きの環境だ。飛行機はもうロシアの領空に入っただろうか。

たくさんのことが起こったけれど、なんとかその場を収めて、今私は帰りの飛行機に乗っている。日本まで一緒に持って帰るトラブルはナシで。

そのことに対する達成感で、気持ちはとても充実している。この仕事を辞めることなんて考えられない。すると私の結婚は？　離れ離れに暮らし、スケジュールをむりやり合わせなければ会うこともままならない彼と、果たして結婚する必要があるのだろうか。結婚とは何かを諦めることなのか。

私はもうわからなくなった。答えを出したくない。

音楽はプログラムが変わって、中島みゆきの特集になっている。

「つめたい別れ」「どこにいても」「御機嫌如何」「強い風はいつも」「やさしい女」「傷ついた翼」「兆しのシーズン」……どれも今の私に追い討ちをかけるような曲ばかりだ。いったい誰が選曲したのだろう。「孤独の肖像１ｓｔ.」を半分まで聴いたところで耐えられなくなり、ヘッドセットを外した。

シェードを少し上げて外を見る。真っ暗で何も見えない。翼端でストロボライトが規則正しく点滅している。地上約八千メートル。遠くから聞こえてくるようなエンジンの音と点滅するライトを見つめていたら、どうしたらよいかわからなくなって泣きそうになるのをなんとかこらえる。

到着まであと八時間を切った。


果たしてAチームは……


「お荷物に壊れているところがないか、ご確認ください。お忘れ物ないように」

成田空港の税関審査も今日は比較的空いている。

スーツケースを引き上げ、税関へ向かう一人一人に、お礼とお別れの挨拶をし、ツアーもいよいよ最後を迎える。

「宅配をご利用のお客様は、恐れ入りますが、税関を抜けたら外でお待ちください。ご案内いたします。ご参加いただきましてありがとうございました。お気を付けてお帰りください」

最後に私がスーツケースを転がしながら税関を抜けると、ほとんどのお客様がまだ残っていてくれた。最後にもう一度正式なご挨拶をして、本当の解散となった。

お客様の多くは成田エクスプレスと新幹線を乗り継いで、ここから仙台まで帰るのだが、国見と由塚さんだけは違った。

「じゃ、僕は京成ですから」

「国見さん」

私は呼び止めた。正直に本当のことを言って謝るかどうか、まだ決めかねていた。

「国見さん、旅行中はいろいろ助けていただいて、本当にありがとうございました。あまりお話できませんでしたが、とても勉強になりました。またご一緒できることを楽しみにしております。どうぞ、お気を付けてお帰りください」

最大限の含みを持たせて、最後の挨拶をするのが私には精一杯だった。もしAチームなら意味は伝わったはずだ。

「こちらこそありがとうございました。思えばローマの最後の晩は思い出に残りますね。楽しい旅行でした。これからも頑張ってください」

国見は、どちらとも取れる内容の言葉を残し、地下の電車乗り場へ降りていった。私は言葉の意味を考えながら、その後ろ姿を見送った。

「それでは私もここで失礼させていただきます。とてもいい旅行でした。これからも頑張ってください」

「あ、ありがとうございました。お気を付けてお帰りください」

声をかけてくれたのは由塚さんだった。ある種、独特の雰囲気を持った彼女も、もっとお話したかったお客様だが、こちらも最後まで叶わなかった。いったい私は十日間も何をしていたのだろう。

颯爽とした歩き方の彼女は、自動ドアを抜けると羽田空港行きリムジンバスのほうへ消えていった。


会社へは、〈全員無事帰国〉と〈寄らずに真っすぐ家へ帰る〉旨の電話をし、成田エクスプレスと東北新幹線の切符を買うと、私も電車に乗った。

東京駅で乗り換え、新幹線に乗ると、本格的に熟睡してしまった。十一時間四十分の飛行機より、二時間の新幹線のほうがなぜかぐっすり眠れた。

仙台駅に降り立つと、さすがに寒かった。一応は予想して、ジャケットの下にはカーディガン、首にはスカーフを巻いてみたものの、この寒さにはオーバーが要る。

縮こまりながら、泉中央まで帰らなければならないかと思うと気が滅入った。エスカレーターで改札口へ向かう。

――タクシーにしようかな。

スーツケースは宅配にせず、持ってきてしまった。新幹線に乗るまではその元気があったのである。

真っ赤な胴体に黄色のベルトを巻いた私のスーツケースは、この人混みの中でもよく目立つ。

仕事中は何かと便利だが、帰宅の途中だとちょっと恥ずかしい。

できるだけ足早にスーツケースを押して改札口を抜けた。

「コズエさんっ。君のスーツケースはバカに目立つね」

「あら、森岡さん。もう会社終わったんですか？」

森岡が自動改札の向こうに立っていた。

「ん、今日俺は休みだよ。溜まってるやつを片付けようと思ってちょっと出てきたらこんな時間になってしまった。そこへ君から電話が来たというわけさ」

「迎えに来てくれたんですか。うれしー！」

「ま、いろいろあったからな、今度のツアーは。大丈夫だったか？」

「ええ、もう大丈夫です。一時はどうなることかと思って取り乱したりしてすみません。夜遅くに起こしちゃって」

「それは、いいけど。それよりお客様のほうはどうだ？　クレーム出そうか？」

「私の感触では大丈夫だと思います。でも時間が経つと変質することがあるのでわかりませんけど。皆いいお客様でしたよ」

「そうか、じゃよかった。支店長も一応気にはしてるようだったよ。腹減ってないか？」

「大丈夫です。機内食全部食べました。でも、さむーい」

「送ってやるよ。東口までおいで。スーツケースも転がしてきたことだし」

「ほんとですか。うれしー！　ちょっと期待してました。タクシーにしようかと思って」

「いいよ。そうしようと思って待ってた。まだ、話聞きたいしな」

森岡が私のスーツケースを引っ張って、二人で東口のほうへ向かう。

「わかったのか、Aチーム」

「それが……、わかりませんでした。そうですかって、訊くわけにもいかないし。でも、絶対そうだと思います」

「そうか。残念だったな。でもそれでいいんだよ。変にワザとらしいことしてたらどうなっていたかわからないよ。そっちのほうを心配してたんだ。ローマでの延泊をうまくできたんだから、きっと合格点が貰えるよ」

「失敗もしてきたと思います」

「何か思い当たるのか」

「お客様には直接及んではいませんが、自分では思い当たります。Aチームなら感づいていると思います」

「ならいいよ。もう忘れろ」

「ええ、次から同じことしないようにって、思って」

「そうだな。それよりまたウワサなんだが、今度は西東京団体支店の募集モノに紛れていたって話だ」

「Aチームがですか？」

「ああ、それも女だって」

「えっ⁉　女？」

私は真っ先に由塚さんの顔が浮かんだ。

「西東京の支店でも、誰だ、誰だって話になったらしく、捜したらそれらしいのは、どうしてもその女しかいないって。該当しそうなツアーに男の一人参加はいなかった。もちろん男同士の参加も。一番クサイのが、住所が札幌の女の一人参加だってさ」

私は心臓がドキドキした。自分のコースのことを急速に思い返す。

逃げ出したいような気分で臨んだローマ最後の夕食での会話。ロンドン最終日の離団。飛行機に関する知識。旅慣れた態度。羽田行きリムジンバス。きっと国内線で札幌まで帰ったのだ。

「どうかしたのか？」

森岡の問いかけに、私はようやく我に返った。

「えっ？　なんでもありません。私のツアーにも女性の一人参加がいたから。その人がAチームだったらなって思って」

「一つのツアーにAチームが二人も？　なめられたもんだな、ウチの支店も」

「ほんとですね」

「でも、ほんとにあんのかなー、Aチームって」

森岡の独り言とも取れる言葉を聞きながら、私は考えていた。

――もう一度Aチームと乗り合わせたい。

もう何も恐れない。正々堂々、私の仕事ぶりを見てもらう。誰に劣るとも思わない。

結婚はもっとあとでも構わない。その前に私にはやることができた。この仕事をいま辞めるわけにはいかなくなった。

「コズエさん、大丈夫？　具合悪いの？　疲れた？」

「あ、いえいえ、寒いだけです」

「ところで明日から四日間くらい休んでいいから、来週バンコクに行ってもらえないかな。いないんだよね、添乗員」

「また私ですか？」

「八名の小さなサイズだし、五日間。短い短い。お願いしますよ」

「えー、やだなー。なんか暑そー」

「ま、そう言わずに。頼みますよ」

東口へ向かう通路の途中、バンコク市内の渋滞を思い浮かべると、ものすごい暑さとあの独特な香りが、微かに漂ってきた気がした。

果たしてAチームは……

**著者プロフィール**
**蒲沢　忠満**（がまざわ ただみつ）
1963年（昭和38）岩手県盛岡市生まれ。
中央鉄道学園大学課程卒業。

**帰国までには**

2003年12月15日　初版第１刷発行

著　者　蒲沢 忠満
発行者　瓜谷 綱延
発行所　株式会社文芸社
〒160-0022　東京都新宿区新宿１－10－１
電話　03-5369-3060（編集）
03-5369-2299（販売）

印刷所　株式会社ユニックス


ISBN4-8355-6719-6 C0093